魔豆

神使繪卷

The Story of GOD's Agents

15

終章【上】

神使繪卷 15

The Story of GOD's Agents

終章【上】

目錄

神使繪卷

【人物介紹】

文昌帝君

柯維安的師父。神使公會中
備受信任的情報部部長。
更是公會中唯一的「神」。
人世中的化身為張亞紫。

曲九江

繁星大學中文系一年級。
是半妖，也是神使。
是對周遭漠不關心的型男。
出乎意料熱愛某種飲料！

宮一刻/小白

繁星大學中文系一年級。
眼神凶惡、個性火爆，
但喜歡可愛的事物。
是為神使，也具半神身分。

黑令

黑家狩妖士的少主。
身高超過190，靈力極高。
幾乎對任何事不感興趣，
沒幹勁，不在意自身安危。

柯維安

繁星大學中文系一年級。
腦筋靈活，卻缺乏體力。
文昌帝君的神使，是個
最愛蘿莉的娃娃臉男孩。

符芍音

現任符家狩妖士家主。
白髮與紅眼，缺乏表情、話語簡短，有時會出現老氣橫秋的一面。

楊百罌

繁星大學中文系一年級。
班上班代，個性高傲、
自尊心強，責任心也重。
現為楊家狩妖士當家家主。

蔚可可

西華大學外文系一年級。
個性天兵，常讓兄長與一刻頭痛；但開朗易結交朋友。
淨湖神使。

蔚商白

西華大學法律系二年級。
個性嚴謹、認真，高中時曾任糾察隊大隊長。
淨湖神使。

安萬里

繁星大學文學研究同好會社長，也為神使公會副會長。
文質彬彬，但其實……
妖怪「守鑰」一族。

范相思

神使公會執行部部長。
看起來約莫高中生年紀。
個性狡猾，愛錢無人比！

胡十炎

神使公會會長，六尾妖狐。
擁有天真無邪的面孔，惡魔般的毒舌。魔法少女夢夢露的狂熱粉絲！

秋冬語

繁星大學中文系一年級。
系上公認的病美人，面無表情、鮮少說話。
種族不明，神使公會一員。

珊琳

擁有操縱植物能力的女娃。
真實身分是山精，
亦為楊家的下一任山神。

楔子

意識在下墜，穿越過無數的聲音、畫面，然後重重墜入冰冷的液體裡。

所有的一切頓時化爲死寂，被隔離在那份冰冷外，直到脫出幽黑，跌進一片光當中——

光線太過刺眼，直到好一會兒他才反應過來，那是由頭頂上方灑落下來的日光碎片。

接著他聽見急促的呼吸聲，距離很近，就像……就像來自自己。

是他在呼吸、喘氣，還有奮力地奔跑。

他不明白到底發生什麼事，明明前一秒才覺得意識往下沉，怎麼下一刻就被困在一名小男孩的身體裡了？

一時半會間還抓不回屬於自己的名字，可是他很肯定，他應該更強壯、更高大、更有力量……而不是視野只能被侷限在一個可笑的高度，更遑論那正在擺動、如同養分不足樹枝的細短手臂。

他可以透過這具身體觀察眼前環境。

四周樹木林立，濃密蒼鬱的枝葉彷彿要將人重重包圍住，腳下踩的是泥濘的泥土路，周圍看不出絲毫人工開發過的痕跡。

這是一座原始山林。

一個小男孩為何會獨自在這裡奔跑?毫不停歇，就好像……

「在那裡!」

「發現他了，那個臭小鬼!」

「別讓他逃了!只要抓住他，就能吃了他!把他吃得連骨頭也不剩!」

有人在追捕那名小男孩!

剎那間，他的意識和小男孩似乎徹底相融在一起，再也分不出彼此。

他就是小男孩;小男孩就是他。

他，或者說小男孩，發出了短促的嘶氣聲，腳下速度猛地加快。即使沒扭過頭，也知道緊追在後的是打算抓他來進補的妖怪。

一群歪瓜裂棗的醜傢伙!

他忿忿地咂下舌，卻也清楚對方妖多勢眾，憑自己逞強對抗，最後只會大吃苦頭。

小男孩咬了咬牙，腳步不停，暗地懊惱著自己仍不成熟的力量。如果再強一點，如果年紀再大一點，如果尾巴數量再多一點……

「你們這群沒用的蠢貨!還不快點!」

粗暴的吼聲再度如雷響，迴盪在這座林子裡。

外貌猙獰的妖怪們放棄最後的人形偽裝，撕裂皮膚，黝黑駭人的軀體從裡頭掙脫出來，大步如飛地逐漸縮短和小男孩之間的距離。

從那些突然變調的呼氣聲，以及皮囊剝離後被重重甩落在地的聲音，小男孩知道後頭的非人存在終於露出眞面目。

他們是鐵了心要逮到自己，然後分吃殆盡。

開什麼玩笑，他可從沒打算當誰的點心。他可是立志要站在全天下貓咪頂端的[redacted]！

小男孩冷不防急拐彎，選擇了矮樹叢遍布、簡直稱不上道路的方向。

矮小輕盈的身形這時便發揮相當大的優勢。

他跳躍、踩踏、勾住上方樹枝俐落一盪，利用眼所能及的可立足點，作爲自己的路徑。

尖銳交錯的灌木林讓後方妖怪的前進速度變慢，龐大體型增加尖刺劃過、扎入的面積。

聽著不時響起的咒罵和吃痛聲，小男孩竊笑，心情頓時好上許多。就算自己的力量現在仍比不上身後那幾個傢伙，還是有辦法整得他們哇哇慘叫。

可惜不能用火，他的控制力還不夠，一不小心可能會連這座漂亮的山也燒了。

只不過當小男孩奔出樹林，他得意的笑容瞬間凍住，身體反射性一個急煞。

只差幾步，他就會摔跌下去。

林外並非小男孩所想，是另一條寬敞的道路。

沒有路了。

等待在小男孩前方的，赫然是一處陡峻懸崖。

水聲隱約傳進小男孩耳裡，他的聽力很好，這讓他小心翼翼地往前再走了一、兩步。低頭向下望，他臉色白了好幾分。

懸崖下是條湍急的溪澗，強勁水流不停沖擊出飛濺的白色水沫。從高處往下看，猶如飄揚的雪片。

由於自身種族關係，小男孩一點也不喜歡水，說是害怕也不為過。彷彿能想像冰寒溪水包圍自己的可怕感受，他嚥嚥口水，挪動腳步，轉頭就想再返回林內——然而那道道逼近的怵目黑影，卻讓他不得不煞住步伐。

妖怪們追上來了。

左右卻沒路可逃。

發現小男孩陷入困境的妖怪，不約而同露出險惡的獰笑。有幾張血盆大口甚至貪婪地淌下口水，隨著那黏稠液體滴墜在地，原先的泥土色登時成了焦黑，像是受到腐蝕的淡白煙氣立即縷縷飄出，散發一股稱不上好聞的氣味。

小男孩的臉不由得繃緊了，也許還抽搐了下。

這不是說小男孩畏懼那宛如高酸液體的唾液，而是他絕對無法忍受被像是腐敗肉塊的舌頭碰觸到，哪怕只是一口。

「好了，乖乖放棄任何無聊的小動作吧。」看起來爲首的妖怪，咧出不懷好意的笑容，「這樣我還可以保證給你一個痛快，否則你恐怕得清醒著體會自己的內臟被我們挖出來的感覺了。」

對於這番駭人恫嚇，小男孩卻是嗤之以鼻。他盤算著對方和自己的距離，還有自己與後方懸崖的步距。

下一秒，他做出了令妖怪們大吃一驚的舉動。

他們根本沒料到對方會這麼做。

小男孩不假思索地轉頭衝向懸崖，縱身跳了下去。

只不過一晃眼，那抹藍影就從妖怪們視野中完全消失。

眾妖傻愣愣地瞪著空無一人的前方好幾秒，接著才回過神，不敢置信的怒吼像是滾滾落雷迴響山林。

「該死的，他跳下去了！」

「那隻可恨的的妖狐跳下去了！」

「快去看看！不能白白讓那隻西山妖狐逃了！那好歹是隻百年狐狸，吃了他就能增強我們的力量啊！」

「可惡，什麼都看不到了……他肯定是跳進水裡逃了！」

「啐，我們繞下去看情況，就算是屍體也聊勝於無！」

「可是首領，我們對這的地形一點也不熟，會不會找不到……」

「閉嘴，還不快點行動！」

聽著上方咒罵聲漸漸遠去，在崖邊藏起身影的小男孩撇撇嘴，做出個沒人看見的鬼臉。

他又不是傻子，當然不可能真的跳進底下那條溪流裡。

他可是清楚得很，就像貓一樣，和貓同出一源的狐狸也是相當怕水的。

小男孩小心挪了下身體重心。懸崖邊橫長著幾株樹，他就是攀掛在樹枝上，利用稀疏的枝葉和突出石塊的陰影，讓自己不被輕易發現。

事實證明，他成功了。

小男孩很有耐心地等到上方聲音全都消失，才準備翻爬上去。

只是連他也沒有預料到，剛一動，耳邊就聽見一道不祥的「啪嚓」聲。

從他抓著的樹枝上傳來的。

小男孩瞪大眼，得意的表情才維持不到幾秒，便轉成震驚和慌亂。

樹枝意外地脆弱，它斷了。

來不及反應之下，小男孩這次真的墜入湍急奔流的溪水裡。刺骨寒意瞬間包圍住他，毫無間隙地緊緊貼靠，冰冷的水爭先恐後地往他口鼻湧進。

比起被一群妖怪視爲獵物追殺，水更加令小男孩感到害怕。

在他拚命掙扎之際，猛烈水流同時將他沖得老遠。

小男孩感到難以呼吸，他緊閉著嘴，在水裡浮浮沉沉。可那股刺激的疼痛從他鼻腔快速蔓延至大腦，肺部的燒灼感越來越強烈，似乎即將瀕臨極限。

他想要呼吸，他必須讓頭浮出水面……

但他不會泅水。

他的腳也踩不到底，水太深、太冰……

小男孩覺得手腳開始乏力，身體快要不聽使喚。他沒注意到水流強度減弱了，不知不覺中，已趨近平緩。

就在小男孩一陣發暈，悲觀地想著自己會無止盡下沉之時，身下乍現一股浮力，迅速將他往上托。

不待他回過神來，便聽見了響亮的破水聲，刺眼光線落在自己的眼皮上。

「冷靜，記得深呼吸，只要深呼吸就好。」有誰溫和地這麼說。

那聲音和先前的妖怪們截然不同，既不粗暴也不刺耳，相反地，令人聯想到溫暖舒適的午後陽光。

小男孩反射性照著那聲音的叮囑行事。他深深呼吸著，接著感受到新鮮沁涼的空氣鑽入臟腑，熨平不少早先的灼痛感。

他張開眼睛，終於意識到自己已離開那些該死的水。

「你是……妖狐？」溫和聲音再次響起，這回帶上一絲探詢。

安心感稍縱即逝，小男孩馬上察覺到有哪裡不對勁。他飛快摸上自己的頭頂和臀部，一直藏得好好的狐狸耳朵和尾巴，在沒察覺的時候顯露出來了。

看得出自己種族，還有那奇特的力量——小男孩身下一片淡白色光壁，就是那東西將他托離溪水——警戒生起，小男孩眼睛凌厲瞇細，那個還沒露面的聲音主人很可能也是妖怪。

「滾出來！還有，把本大爺放下！」

「事實上，我不建議……」

「把、我、放、下！」小男孩一字一字地說，黑色尾巴彷如鐮刀般威脅揚起。

聲音主人發出了一聲無奈嘆息，「好吧，但是記得我說過的。」

那個偷偷摸摸還不露臉的傢伙，有說了什麼特別的話嗎？小男孩腦中剛閃過這念頭，下一剎那，雙腳下便驟然一空，支撐物消失。

他瞳孔縮起。比起弄清神祕人的話，這瞬間他只想大罵自己一聲笨蛋。

他忘記自己還在水面上了！

被藍衣包裹的身子無可避免地直落水中，「嘩啦」一聲，水花高高濺起。

小男孩臉上的凌厲被緊張和驚慌取代，不能呼吸的恐懼衝擊他的內心，使他無法思考。直到一隻散發熱度的手抓握住他，將他往上拉起，讓他蜷起的身子能夠跟著一併被拉直，好大口呼吸空氣，撲騰踩水的雙腳則可以好好踩踏上硬實的地面……

等等，地面？

小男孩茫然地眨眼，隨後失去的冷靜猛然回歸，像道閃電貫穿背脊，驅散對水的畏怕。

──水並不深。

當他站直後，只淹到胸口位置而已。

這可不是什麼能簡單讓人溺斃的深度。

意識到自己方才根本是在做無意義的掙扎，小男孩臉頰不禁急速升溫，尷尬與惱羞混成一塊，直衝心頭。

更糟的是，這丟臉的一幕還全被另一個陌生人收入眼裡了。

他的內心在大聲哀號，然而稚氣的小臉上，卻有辦法滴水不漏地藏起那些情緒，只展現出一貫的睥睨神情。

小男孩雙手環胸，眉毛斜挑。明明大半身子還浸泡在水中，眼神卻依舊像高高在上般，打量著稍早前伸出援手的陌生人。

或者說，陌生妖怪。

人類的眼睛或許會是綠色的，但皮膚上可不會出現像是岩石的灰色薄片。

黑髮碧眸的年輕人蹲立在水面上，腳下以淡白色的光壁作爲支撐。用「書卷氣」或「斯文」來形容都不爲過的臉龐上，半邊臉頰赫然分布著數枚暗灰石片，包括他曾拉起小男孩的那隻手臂上，也有著石片。

「嘿，我不是說了，記得我說過的話嗎？」年輕人好脾氣地露出微笑，「冷靜，記得深呼吸，只要深呼吸就好。你看，你並沒有眞的溺水。」

小男孩忍不住又眨了眨眼，眼瞳底倏然擴散出一絲茫然。

他是第一次見到這名陌生妖怪，但是他好像聽過類似話語。

用同樣的聲音。

記得我說過的、記得我說過的……

快逃，記得我說過的。

冷靜，記得我說過的。

記得、記得……

無數呢喃迴盪在耳畔，像是碎片四散、重疊再交錯，卻都屬於同一人的聲音。

小男孩眼眸張得如此大，瞳孔卻像是凝縮到極限。他眼中倒映入那隻表達善意、布著石片的手。

黑髮碧眸的年輕人露出和煦笑意，然而浮現在腦海中的，卻是擁有相同容貌、眼底被詭譎幽藍徹底侵佔的另一張臉。

那人的手拉起他。

那人的手破開他的胸膛。

那個人，安萬里！

窒息感猛地從四面八方瘋狂擠壓過來，畫面、色彩瞬間破碎，溫度快速退離。

意識被粗暴地抽了出來。

那種下墜感又來了。

他在墜落，在下墜著，在一片不見五指的冰冷幽暗裡。

然後是那句呢喃，像蝴蝶振翅般輕巧閃現。

快逃，記得我說過的。

記得——只要深呼吸就好。

霎時，有誰霍然張大嘴，發出了尖銳扭曲的吸氣聲響。

與此同時，一雙金澄色的眼瞳猛地睜開。

胡十炎從昏迷中清醒過來了。

第一章

那聲稱得上銳利的呼吸聲沒有被忽略掉。

事實上，在寂靜的病房內可說響亮得過分。

胡十炎像是沒回過神般望著天花板，一道氣若游絲又透著欣喜的少女嗓音已經響起。

「你醒了……太好了，胡十炎大人……」

那斷斷續續的說話方式，有點像秋冬語。

可是胡十炎一手養育大的那名長直髮女孩，並不會用這種恭敬的稱謂稱呼他。

胡十炎慢慢轉動視線，知道自己身處在公會開發部的一號病房裡，他從天花板的尖頂帽圖案判斷出來。

等胡十炎看清坐在床邊那抹纖弱身影，他的眉毛因流露一絲訝異而挑得高高的。

那不是他們公會任一成員。

他認得她，不過這恐怕是他們第一次見面。

水藍色長髮、藍綠色眼眸、淡紫色嘴唇，裙襬有如水波晃漾的蒼白少女面露充滿驚喜的笑意，由她雙手中散發出來的水色光芒就像眞正的流水，環繞在胡十炎的病床周邊。

「別叫我胡十炎大人……叫我老大。」胡十炎吐出一口氣，放棄轉動視線，方才那一眼，他已飛快打量完畢。

除了那些水色流光，自己兩隻手臂上還接連著一堆亂七八糟的管線。儀器在旁邊穩定運轉著，規律地發出低低的聲響。

只不過輸進胡十炎體內的，自然不是人類醫院的藥物，而是由妖力凝成的液體，用來加快傷勢復元速度。

「是哪個兔崽子把妳從繁大那邊找過來的，水瀾？」就算初次見面，胡十炎仍一眼就認出來了，畢竟那是符邵音珍惜的紫藤花精，「妳該好好待在朝湖……咳、咳咳咳！」

就像喉嚨裡突然跑進什麼異物，一股瘋狂的刺癢瞬間直衝上來，使得胡十炎未完的句子變成一陣撕心裂肺般的咳嗽。他咳得整個身體都蜷縮起來，讓他在病床上看起來更加瘦小、脆弱，難以想像他其實是名威風凜凜的六尾妖狐。

見胡十炎咳得說不出話來，水瀾不禁有些手足無措。她放開掌中水光，試圖幫忙撐扶起那具瘦小的身子，想讓他能感覺好過一點。

但那雙蒼白的手還未觸及病床邊，胡十炎就先伸出手掌，擋下了水瀾的援助。

待喉嚨癢意稍退，胡十炎翻回仰躺姿勢，瞪著天花板，粗重地喘著氣。本來稚嫩的童音被這麼一折騰，頓時像是破舊的風箱粗嘎作響。

「見鬼了……咳，差點以爲本大爺我要掰了……」

「嚴格來說，你是差點要和這個世界說掰掰了沒錯，老大。」

病房門安靜迅速地滑開，由外步入的身影正巧捕捉到胡十炎自暴自棄的感嘆，立刻以清脆嗓音給予回應。

「你的胸口可是被開了……嗯，一個窟窿。」

胡十炎緊閉嘴唇，忽然又喪失說話的欲望，也可能是他暫時不想跟人討論跟自身傷勢有關的話題。

那將會無可避免地談到，那個人。

「相思大人、灰幻大人……」水瀾下意識想要起身行禮，只是隨即就被走在前頭的女孩抬手制止了。

「妳坐著就好。辛苦妳了呢，水瀾。」外表看似高中生的女孩露齒一笑。

削得薄薄的頭髮上，額前劉海泛著漸層式的橘色；而鏡片後的一雙貓兒眼看似炯亮有神，可眼眶下的淡青色仍誠實地洩露出她的疲倦。

「水中藤，妳去休息一下。」另一道年輕聲音說。雖然聲音猶帶青稚，更明顯的卻是一抹不近人情的嚴肅感。

和帶著笑容的同伴相比，殿後的灰髮少年面無表情，眉眼、嘴角都繃得緊緊。灰色眼珠內鑲有一圈奇異蒼白虹膜，乍看下宛如淩厲殘酷的焰火。

見到范相思笑著點點頭，水瀾安靜起身，依言先離開了病房。

隨著病房門關上，那有若水波漣漪的髮絲和裙襬也消失在范相思他們的視野之內。

「水瀾是我找來的，老大。自古以來，水系的力量都能更好地運用在治癒上。」范相思找了一個位置站，背抵著牆，出聲解釋那名應該待在繁星大學裡的紫藤花精爲什麼會出現在這裡。

胡十炎沒有立刻回應，依舊保持著雙眼直盯天花板的狀態。

半晌後，嘶啞的詢問從病床上扔了出來。

「現在公會的情況怎樣……不，還是先問……現在過了幾天？」

「四天，老大……」范相思說，在水瀾面前表現出來的精神奕奕像在這一秒被抽離，難掩倦意，「從你倒下到現在醒過來，已經過了四天，繁大都快開學了。」

「四天？」胡十炎沒想到時間的流逝比他預估得更快，他以爲自己只昏迷了一、兩天而已。

可胡十炎更沒想到的是，當他撐起身體，好好地直視自己的執行部部長和特援部部長時，會見到前者手腳上竟纏繞了大面積的雪白繃帶。

「范相思，妳這是怎麼回事？」胡十炎面露愕然，緊接著冰霜覆上他金黃的眼瞳，語氣剎那間拔得嚴厲森冷，「難不成是安……」

「不是，老大，不是你猜的某人又回來偷襲之類的。」范相思舉起雙手，「事實上……」

「事實上，是有個完全不把自己安危放在眼裡的傢伙幹出來的蠢事。」灰幻霍然開口，每一字每一句都像燒灼著躁怒的火焰，「腳都裂得差不多了，居然連手也想要賠進去？就算是爲了破開繁花地的那層結界……范相思，我不是叫妳要照顧好妳自己？妳該死的到底有沒有把我的話聽進去！」

灰幻猛地抓過猶站著的范相思，一把塞進椅子裡，清秀的面容扭曲，灰瞳裡像是眞的燒起劇烈的蒼白之炎。

灰幻忍無可忍，爆發般砸下一句怒吼，「哪怕只有一次！」

病房內死寂一片。

饒是胡十炎也露出了目瞪口呆的表情，更不用說是被強迫塞進椅內坐好的范相思。她就像被徹底震懾住，平時的氣定神閒消失，那張姣好的臉蛋上此刻只剩下茫然，使得她看起來眞的就像一名普通的女孩子。

除了儀器穩定運作的嗡嗡聲響外，病房裡僅聽得見灰幻粗重的呼吸聲。

「我得說……這恐怕是繼安萬里攻擊我之後，最讓我感到震驚的一幕了……」好一會兒過去，胡十炎率先打破蔓延在病房內的靜默，乾巴巴地說。

「雖然我是當事人……但加一。」范相思語氣仍透著茫然，這表示她還未完全回過神，「所以你是在表達，你不喜歡滿是裂痕的女人？」

「別蠢了，就算妳眞的全是裂痕，我當然也……！」灰幻驀地哽住了話，取而代之的是發出一聲吸氣聲。他難以置信地扭頭看著語帶暗示的范相思，覺得簡直像天上突然砸下了餡餅……不，是砸下滿天他和范相思一併簽了名的結婚證書。

然而范相思倏然回過神，茫然退得一乾二淨，貓兒眼重新散發精明的光芒，彷彿剛剛什麼話也沒說。

灰幻咂下舌，五指暗暗攢成拳。他可不會放棄，尤其在確認過自己絕非單箭頭之後。不過這倒是提醒了他，以後要將結婚證書隨時帶在身上，以備不時之需。

迅速將感情問題暫時按壓下去，灰幻重新繃起表情，病房內的白色燈光將年少的面孔鍍上一層銳利。

「安萬里被污染，以及攻擊你的事，目前仍全面封鎖，老大。除了宮一刻他們，公會裡就我們這些幹部知情。惠先生和紅綃已經趕回。惠先生負責把保全系統穩固得更加滴水不漏；紅綃是個神經病，但坐鎮公會這部分，她還派得上用場。」

聽著特援部部長冷硬平板的匯報，胡十炎靠著枕頭，微斂著眼，像是若有所思。

「還有里梨哭得可傷心了，你到時可得花費一番苦心哄她。」范相思插嘴道：「就算是拿出再多雜誌，一半還是有堯天登上封面、內頁什麼的，也沒辦法安慰她。附帶一提，雜誌都是我自掏腰包提供的，老大你別忘了要還我錢哪。」

「……自己去報公費，就說我答應的。」胡十炎險些被范相思理直氣壯的索討噎到。他瞪了那雙提起錢就閃動耀眼光芒的貓兒眼一眼，心中大抵將現況掌握住七、八分。

他不擔心胡里梨是不是會將自己受傷的眞正原因說出去。

胡里梨年紀還小，愛玩愛哭，可一旦涉及重要事，她就會把嘴巴闔得緊密，守口如瓶。

但是，只知道這些還不夠。

胡十炎遞了眼神給范相思，要她盡可能把這幾天發生的一切說得詳細。

范相思點點頭。很快地，那陣抑揚頓挫的清脆嗓音在病房內迴盪著。

「傾絲，或者說符邵音，早就察覺在乏月祭那一夜，『唯一』的封印沒有回到她身上。沒有回來的原因只可能有一個——封印被解開了。但身爲『唯一』的天敵，守鑰，安萬里卻又說封印已修補完成。既然如此，便是有人在說謊，安萬里在說謊。」

「然而對方是神使公會的副會長，公會所有人都信任他，符邵音不敢貿然把這驚人事實說出來。她不敢冒險，也許公會還有安萬里的同黨。所以她以曲折的方式傳達，將遺言封在符芍音體內——就連符芍音也不曉得內容——再要求自己的孫女把遺言帶給柯維安，只准柯維安和宮一刻聆聽。沒想到卻因爲繁花地山神的法術，無意中讓當時在場的神使們，還有待在宮家的我，都知情了。」

范相思極力將情感收斂得一乾二淨，好客觀描述整件事的來龍去脈及她的推論。可是當她說到這，語氣終究控制不住地微顫幾下。她握起手指，深吸一口氣，把那揭穿一切的兩句話說出來。

「符邵音的遺言是，『封印沒有回到我身上，當心那個男人。』」

而這，同時也是夢魘般眞相的開端。

范相思永遠也不會忘記，令她全身血液倒流、有如結凍的那一日。

在她得知情絲未死、符邵音留下的遺言後，公會上下都無比堅信的眞相之塔，登時就像被抽走底下的積木，嘩啦嘩啦地全部倒塌了，讓人看清那原來只是由無數謊言編織出來的虛假。

安萬里利用他們，欺瞞他們，爲的都是解開「唯一」的封印。

西山岩蘿鄉，瓏月會被瘴異入侵，也是安萬里親手爲之。

他和瘴異合作，和從乏月祭逃出來的符廊香、情絲合作。

在潭雅市他被引路人所傷，到頭來也是他自導自演，爲的就是能將紅綃和惠先生支開。

倘若有他們在場，在他重傷了胡十炎之後，將難以輕易逃出公會。

但是他一步步達成計畫，因此成功逃脫了，至此消失無蹤。

當時一將警告傳達給灰幻，范相思就扔了條訊息給八金，要牠等繁花地的事處理好，就把一刻等人帶回公會，自己則是顧不得身上傷勢，十萬火急地設法趕回繁星市。

只不過等她到達神使公會，迎接她的便是最壞的消息。

胡十炎被送往醫療室，全力搶救中。

開發部同時也兼醫療部門的功能，即使無從得知胡十炎爲何突然傷重至此，所有人還是拚了命地想盡一切辦法，要將他們老大從鬼門關搶回來。

接著，范相思見到的就是一個累壞了也氣炸了的灰幻。

灰幻的累，是爲了處理後續；而他的憤怒，不光是爲了叛逃的安萬里，還有帶著一身怵目裂痕返回的范相思。

照灰幻的意思，范相思也該是被關到醫療室裡的一員。

只不過范相思徹底無視灰幻的氣急敗壞，草草讓人幫忙捆了繃帶後，便馬不停蹄地下達了一連串指令。

身爲統率神使的執行部部長，身爲等同無名神的劍靈，范相思可以說是繼正副會長，以及張亞紫外，公會裡地位最高的存在。

她配合灰幻，把胡十炎重傷的眞相暫且擋下。若是讓人知道會長是被副會長所傷，只會造成人心惶惶，導致公會上下亂作一團。

確保消息不會走漏後，她即刻派人找回紅綃與惠先生，強迫弄暈秋冬語，再丟到病房裡，免得對方一心想衝去找安萬里復仇。

等到八金將一刻等人載回公會……

「妳把那一票小鬼也打暈了？包括符芍音那個迷你小鬼？」胡十炎終於出聲打斷范相思的敘述。他眉毛挑得高高的，血色尚未回復的蒼白小臉看起來依稀有幾分不滿，「這種事不是應該放著由本大爺來嗎？把妖或人弄暈什麼的，我經驗値可是超級高。」

「老大，你、現、在、是、傷、患。」灰幻一字一字加重語氣，臉板得更緊了，「而且眞要打暈也是我來做，最好我會讓范相思繼續無節制地傷害她的手。」

即使音量沒有拉高，但灰幻的最後一句，聽起來就和壓低的咆哮差不多。

「所以你們倆都沒有動手？」胡十炎從兩人的話裡嗅到結論。

「打了也不會有金幣掉出來。」范相思聳聳肩，坦率地承認道：「何況柯維安也不笨。一旦聽了符邵音的遺言，再加上回來公會後得知的情報，要拼湊出發生什麼事，對他一點也不難。不過黑令和符芍音，我確實是強制送他們回去了，黑家和符家沒必要蹚進這灘渾水裡。至於楊家……」

范相思收住了後面的話，貓兒眼直直瞅著胡十炎。

胡十炎清楚，這是在等他做出定奪。

胡十炎再度將背部的重量壓上枕頭，腦中飛快統整到現在爲止得到的訊息。

曲九江也參與了繁花地事件，他是宮一刻的神使，還是四大妖當中的鳴火，這些身分都顯示出他難以和接下來的事態發展劃分開來。更遑論他的胞姊楊百罌，也算是公會的一分子。

「楊家總會知道的……既然如此，就先和楊青硯那說一聲吧。」胡十炎並不希望將狩妖士家族也拉進來，可他沒忘記，就算曲九江沒把「唯一」和安萬里的事透露給楊百罌，也還有珊琳在。

楊家的守護神，不會對自己的家族有任何隱瞞的。

想到這，胡十炎霍然盯住范相思和灰幻，「楊百罌那小丫頭……該不會也到公會裡了？」

灰幻雙手抱胸，不吭聲，只是瞥向范相思。

短髮劍靈露出進病房後第一抹眞正透著些許輕鬆的笑容。她冷不防一彈手指，病房一側的牆壁瞬間轉成透明螢幕，使人能夠看清另一邊景象。

一、二、三、四……一刻、柯維安、楊百罌和曲九江，這一票年輕孩子們在另一端房間裡橫七豎八地倒坐一片，儼然是體力不支、累壞了，一個個睡得不醒人事，連自己正被三雙眼睛注視著也渾然未覺。

「可可去陪小語，珊琳去安慰里梨了，不然守病房大隊會更精彩。」范相思笑咪咪地說，欣賞著胡十炎在望見這幕後露出的呆愣表情，「我有叫他們找張床好好休息一下，但是老大你也知道，小朋友就是性子倔。」

「蠢得跟石頭一樣。」灰幻從鼻間哼了一聲。

「總之，他們堅持要守著就是囉。」范相思無視灰幻，愉快地總結道。

「咳嗯……」胡十炎清清喉嚨，故作若無其事地開口，不想被人看出他的感動。身為老大，保持威嚴是相當重要的。

「憑本大爺的人氣威望，再加上英明神武，他們會那麼堅持也是理所當然的。不過公會裡空調那麼強，好歹也給他們蓋點東西。」

范相思和灰幻倒是真的沒考慮到這點。他們一個是劍靈，一個是妖怪，反倒忘記人類對溫度的變化很敏感，一不注意很容易疾病上身。

「這簡單。」總穿著有如錯置季節般服飾的劍靈笑了笑，雙掌拍出一記響亮聲響。

下一剎那，就見隔壁房間的天花板倏然開啓，落下一團團白花花的物體。

多隻綿羊玩偶圍擁在一刻他們身邊，有的拉平自己，像張毯子般蓋上；有的充當靠墊，撐住柯維安幾乎有一半掛在椅子外的身體。

柔軟的毛絨觸感就像為那些年輕人帶來了治癒，就連一刻緊皺的眉頭也不自覺鬆放開。

「咩咩君新功能，咩咩毛毯！百分之百天然羊毛，值得你擁有！」范相思挺直了上身，眉飛色舞地向胡十炎和灰幻介紹，「不錯吧？這點子可是本姑娘提供給開發部的唷。」

胡十炎險些憋不住吐槽：當然必須是百分之百天然羊毛，整隻羊都蓋上去了好嗎！重整好表情，胡十炎改銳利地望著范相思，「妳，免費，提供給開發部？」

「噢，本姑娘當然有抽成分紅。」范相思臉不紅、氣不喘，理所當然地說。

胡十炎搓搓臉，就知道他們的執行部部長哪可能會放過坑錢的機會。

隨著輕鬆話題結束，病房內的氣氛又凝滯起來，壓迫在人的心頭上。

范相思和灰幻對視一眼，隨即由范相思打破靜默。

「老大。」范相思放輕了聲音，「你還是再多休息一會，你得好好養傷。雖然我們找了水瀾過來幫忙，可是你的傷才好那麼一點。開發部的原本還預估你要一個禮拜才會醒……」

「安萬里呢？」胡十炎卻是冷靜地截住范相思未盡的語句。他臉上讀不出明顯表情，唯有一雙金瞳熠亮得像冰冷的火焰，「那個把手刺入我胸口的老妖怪，有找到他後來的行蹤嗎？」

「——完全沒有。」灰幻語調平板，然而緊緊攢起的拳頭洩露了他壓抑的憤怒，「我們尚未發現他的下落……我們都無法原諒，不管是什麼理由，他居然敢……」

「眞奇怪。」胡十炎忽然自顧自地說，語速不快也不慢。

「安萬里說守鑰是由蒼淚的部分產生，是爲了守護『唯一』而存在的鑰匙。岩蘿鄉、符家、繁花地，他安排了那麼多，就是爲了解開蒼淚的封印。雖然封印需要經過七百年才會減弱效力，但我跟他可是認識了四、五百年，那個黑心的老傢伙爲什麼要浪費那麼多時間？他甚至還浪費那麼多心力在神使公會上。」

「老大……」

「這不合理。」

「老大，但是安萬里的確差點殺了你！他還解開了『唯一』的三個封印！」灰幻猛地拉高音量，氣急敗壞地怒吼道：「他該死的騙了我們公會所有人！」

「冷靜點，灰幻。」范相思無預警將手覆於灰幻迸冒青筋的手背上，低聲說，「老大聽起來不像是在爲安萬里找理由、難以接受眼前的現實。他更像是在……試圖釐清什麼。」

范相思說得沒錯，胡十炎確實是在試圖釐清一些事。

守鑰存在的眞正意義，完美地解釋了安萬里的所作所爲。

胡十炎絕對不會忘記那破開胸膛的椎心劇痛，還有那雙不祥無溫的幽藍色眼睛。

沒有情感，沒有溫度，沒有波動。

安萬里那時雖然笑著，眼內卻是一片虛無。

可是依舊有什麼不合理的地方存在著。縱使微小得幾乎讓人看不清，卻像小刺一樣，不時扎得人隱隱作疼，令人難以忽略。

那一句話。

那一句明明是安萬里的聲音，可是安萬里說他並沒有出聲的話。

快逃，記得我說過的。

「范相思，妳剛說開發部原先預估我什麼時候才能醒過來？」

「一個禮拜，老大。」

「可是我更早之前就回復意識了。回復意識前，我作了一個夢。」胡十炎低頭望著自己雙掌，夢裡將他自水中拉起的那隻手的溫度，好似還殘留在上頭。

胡十炎的音量不大，但足以使另外兩人聽得分明。

「我夢到和安萬里的初次見面。」

范相思和灰幻保持沉默，靜待接下去的話語。

六尾妖狐不會因爲感傷或緬懷這種原因，就突然開啓這個話題。

胡十炎說：「我好像沒有告訴你們，我和那老妖怪會認識……是因爲我被其他妖怪當作了獵物。我那時只有一條尾巴，結果途中不小心落了水，最後被安萬里救起。他那時跟我說

『冷靜，記得我說過的』，還說『只要深呼吸就好』。」

胡十炎抬眼正視自己的兩名下屬，目光裡沒有一絲受到打擊所殘留的陰霾，依然強勢，堅定得不可思議，宛如夜間永不熄滅的火炬。

「我在夢裡照著他說的深呼吸了，然後便醒過來了。而在安萬里出手攻擊本大爺前，我也聽到他說話。他說『快逃，記得我說過的』。」胡十炎的嘴角慢慢拉出一抹凶猛的弧度，「一個打算殺了我的傢伙，有必要再多說那些廢話嗎？」

灰幻不能理解胡十炎話中之意，他親眼目睹安萬里不留情的背叛，那天的血腥還烙印在他腦海裡。他躁怒地想開口，然而范相思抬起手，比他快一步地拿下發言權。

「記得他說過的……老大，假設這話真另有所指，你覺得安萬里是希望你記得哪一些？」

「范相思！連妳也陪老大異想天開嗎？」灰幻咬牙切齒地低吼。

「哎呀，總要真等我們搞清楚了，才能確定是不是異想天開。」范相思仰頭給了灰幻一抹期待的笑容，漂亮的貓兒眼還衝著他輕眨。

那有點像是撒嬌，頓時使得灰幻的大腦陷入剎那間的空白，連斥喝都遺忘在喉頭處。

范相思安撫住灰幻，迅速與胡十炎展開推敲。

正是了解安萬里是如此聰明深沉的人物，才會顯示出他留下來看似毫無常理可言的隻字片語，有多麼不尋常。

那可能將是扭轉的關鍵——不論是胡十炎或范相思，都這麼強烈希望。

「老大，你和安萬里認識最久。這些年間，他說過的哪些話最令你感到反常？」

「喂喂，那可是好幾百年的時間……比起回想從前，倒不如說他主動留下遺言更令我印象深刻。」胡十炎剛想也不想地回答完范相思的問題，下一秒便愣住了。

慢著，遺言。

「那個遺言……」胡十炎喃喃地說，瞳孔迅速縮細，成了針尖的形狀，奇異的光芒漸漸浮閃。

范相思登時也不說話。她的眼睫急急搧動幾下，隨後鏡片後的眼眸瞠大，乍然抽了一口氣。

那個遺言！

「那個莫名其妙和玩笑沒兩樣的遺言怎麼了？」灰幻緊緊擰起眉，粗魯地打破這份無來由的古怪安靜。

安萬里在說所謂「遺言」的時候，灰幻雖不在場，卻也從他人那裡得知。在他看來，那純粹就是安萬里一時心血來潮的無聊鬼扯。

「我當時也以爲是玩笑，灰幻。」范相思輕輕地說，「所以我們誰也不會去細想，那個遺言本身有多不對勁。安萬里那麼熱愛蒼井索娜，不管這是不是也是假的，他總是不遺餘力地推廣和分享他的收藏品。」

「可是那傢伙的遺言，竟然是『不要進去我的珍藏室』，這分明就和他以往的言行有所衝突。」胡十炎伸手探向包纏在自己胸前的繃帶。不待灰幻和范相思反應過來，他的指甲變長變尖，有若鋒利的小刀，轉瞬間割開了繃帶。

隨著雪白繃帶散落，那即使已經過治療處理仍顯怵目的傷痕，再無遮掩地暴露出來，提醒著有誰曾殘忍無情地破開皮膚、撕裂血肉，一手貫穿胡十炎的胸膛。

這是胡十炎第一次清楚見到自己的傷口，然而他眼中沒有憤怒翻湧。相反地，他嘴角弧度越揚越高，終至咧成一抹猛獰愉悅的笑容，那雙金燦的眸子甚至熠熠生光。

「果然。」胡十炎說。

這沒頭沒尾的兩字，加上那反常得過分的反應，當下只讓灰幻產生一個念頭——老大難道連腦子都受傷了嗎？

「果然。」胡十炎渾然不察灰幻瞪著自己的緊張眼神，他重複了一次，接著飛快說道：「傷口的位置落在很巧妙的地方，避開了我的心臟，也避開了我的晶核。這發現難道還不夠有趣嗎？大爺我眞想知道，有誰要置人於死地時，還會費盡心思地避開要害？去他的珍藏室！」

「老大？」

「現在、立刻去安萬里的珍藏室！那個老妖怪肯定留了什麼在裡面，足以解開我們的疑惑。」胡十炎嘴上不停，手上也有了動作。

在兩名下屬錯愕的目光中，他猛地扯下貼附在臂上的所有管線。

無視儀器驟然響起的尖銳鳴叫，和范相思、灰幻反射性的叫喊，胡十炎乾脆連鞋子也不穿，像道敏捷閃電衝出了病房。

「老大！」

「老大！」

灰幻和范相思不敢遲疑，急忙緊追出去。

在公會走廊穿梭的其他成員只來得及瞄見黑影閃動。有些人甚至還不曉得發生什麼事，就因爲擋在路線上，而被一條漆黑的毛茸茸尾巴快狠準地抽打出去。

就算沒瞧清那道旋風般的人影，但光憑那條尾巴，立刻讓眾人意識到對方的身分。

「是老大！」

「老大醒過來了啊！」

「聽說是和人搶夢夢露限量商品而被擊倒的老大終於醒過來了！」

狂喜霎時蔓延，激動的叫喊聲此起彼落地響起。

即便是險些被抽出走廊、從牆上跌落下去的妖怪們，也一臉熱淚盈眶。

范相思腳下卻是差點一個不穩。她張大眼，吃驚地望著和她並肩奔跑的灰幻，美眸裡閃動的是：「你眞的用這理由來說服公會的人？」

范相思從潭雅市趕回公會時，胡十炎便已被送進醫療室搶救。不知道發生何事，陷入騷動、混亂的公會成員，則是由灰幻一手安撫完畢。

她沒想到灰幻居然編織了這麼一個說法。

「爲什麼不？」灰幻連眉毛也不動一下，言簡意賅地說，「反正他們信了。」

「太棒了。」范相思露齒一笑，狡猾的笑顏裡帶著一絲稱讚意味，「本姑娘喜歡。」

就算知道范相思喜歡的是自己編造出的理由，灰幻還是忍不住覺得心似乎漏跳一拍。他有些懊惱自己來不及打開手機的錄音功能，不過他很快就將這念頭拍開，專心追逐胡十炎。

——反正大不了之後再想辦法合成剪接就好了。

等到灰幻和范相思奔入安萬里的珍藏室內，就見到胡十炎在最底端的一條走道內背對著他們，佇立在一面書櫃前。

范相思是第一次踏進這裡，她快速打量周圍一圈，爲隨處可見的蒼井索娜商品暗暗吹了一聲口哨。

這收藏量著實驚人。

「老大。」對環繞在四周的性感女子圖像視若無睹，灰幻上前一步，喊了聲。

「大爺我就知道。」胡十炎轉過身，臉上是凶猛如獸的笑容，他的雙手捧著一個開啓的盒子。

見多識廣的特援部部長和執行部部長，在這一瞬間震驚得說不出話來了。

長度大約三十公分長的盒子裡，赫然躺著一抹尺寸小巧的人影。

黑髮、細框眼鏡、格紋襯衫。

那是迷你版的安萬里。

第二章

壹間會議室裡，難以言喻的古怪氣氛籠罩其中。

四大部長齊聚一堂，各自的左右手隨侍在身邊；主位是臉色猶然蒼白，但氣勢絲毫不減的胡十炎。

當然，如果沒有一旁的點滴架和兩隻打扮成護士的綿羊玩偶，那氣勢想必會更驚人。

而該是屬於情報部部長的位子也沒有空下。

一名大眼睛、娃娃臉的鬈髮男孩暫時頂替張亞紫，在他兩側，幾名年紀和他相仿的年輕人一排坐開。

正是柯維安和一刻等人。

他們大約是十幾分鐘前被人叫醒的，還搞不清楚發生什麼事，就又被人領到這間會議室，一同參與幹部們的會議。

見到原本待在病房的胡十炎居然出現在這裡，確實令一刻他們大吃一驚，他們壓根沒發現對方何時醒了。

但這份驚訝很快就被另一份震驚蓋過。

不曾預料到的衝擊讓他們目瞪口呆，久久無法回神。

而這同時也是會議室裡瀰漫死寂的主因。

畢竟不光是一刻他們，其餘人的臉上也幾乎是錯愕、難以置信的表情。

一雙雙眼睛皆移不開視線，緊盯著會議桌上的中央位置。

那裡，有一道和娃娃差不多大小的人影站立著。

從對方不時眨動的眼睫和規律起伏的胸膛來看，那顯然是一個活著的生物，而非製作得維妙維肖的人偶。

「你們的視線太過熱情的話，會令人有些傷腦筋呢。」溫文儒雅的嗓音忽然打碎了室內一片靜默，「再怎麼說，我都還沒有要脫離單身的打算哪。」

「說話了！」蔚可可反射性發出驚呼。意識到自己的音量大得能讓所有人都聽見，她連忙摀住嘴，圓圓的大眼睛緊張地滴溜轉。

桌上的人影給予蔚可可一記溫和的微笑。

同時間，蔚可可感覺到身旁人身子繃緊，似乎下一秒就會像凌厲的箭矢暴起，她不假思索地抓握住對方的手。

「小語、小語，先冷靜下來……」蔚可可小小聲地說。

像是受到了安撫，縱然秋冬語白瓷般的臉蛋毫無表情，黑瞳裡的漩渦卻是漸漸平息了，最後像潭波瀾不起的湖水，淡漠卻又冰冷地直視著桌上人影。

「我……不會原諒……」秋冬語的聲音很輕，但又如刀鋒利。

「小語……宮一刻，你也幫忙想一下辦法啦。」見秋冬語敵意未褪，蔚可可用另一隻手死命拉扯另一邊白髮男孩的袖角，「這種時候好歹說點什麼嘛。」

「說你老木啊，老子的衣服快被妳扯下一半了！」一刻咬牙切齒地壓低音量怒斥道，猛力搶回自己滑下大半肩膀的衣領，「妳難道就不能讓我繼續震驚下去嗎？現在發生的事也太扯……而且這種時候，向來都是柯維安那小子負、責、說、話！」

被點到名的柯維安毫無反應，他維持著呆愣的表情，瞬也不瞬地凝望著一刻口中「太扯的事件」。

那抹桌上的人影。

體型和人偶娃娃沒兩樣的黑髮男子。

但就在下一剎那，柯維安卻是冷不防慘叫著跳起。那全然沒有節制的吶喊，終於眞正擊碎壹間會議室的凝滯氣氛。

數雙眼睛齊唰唰看向柯維安。

就算自覺臉皮夠厚、心臟夠強的娃娃臉男孩，被公會會長和四名部長齊盯視，也不禁感到頭皮發麻。

「你是叫魂嗎？」和柯維安隔了一個座位的一刻匪夷所思地望著他，「被我提到名字有必要這樣雞貓子喊叫嗎？啊？」

「不是的，小白我……」柯維安眼眶含淚，想要撲向一刻的懷抱。然而隔在他和一刻中間的褐髮青年只不過斜挑眼角，投來睨視，就當場令他的哭訴嚥了回去。

柯維安滿臉痛苦地坐回椅上，內心第一百零一次詛咒排位子的人。

他明明是想坐在他家哈尼旁邊，或者小可或小語旁邊也行啊……為什麼他的左右兩邊偏偏排了曲九江和班代？

這對姊弟剛剛還在桌下有志一同地狠踩他一隻腳……靠喔，這種默契誰說他們不像雙胞胎的！

柯維安使勁揉揉臉，想把吃痛糾結的表情揉開。可等他一放下手，不偏不倚就對上了那名體型迷你的男子雙眼。鏡片後的碧綠瞳眸似笑非笑地睇著他，想裝作沒看見都不可能。

柯維安頓時又想把雙手摀回臉上了，他也真的這麼做了，然後發出一聲等同現場眾人心聲的呻吟。

「老天啊……所以這真的不是作夢？一個Q版尺寸的副會長……我更寧願看到一個Q版尺寸的小白甜心啊！」

「那聽起來……咳嗯，挺不錯的。」楊百罌裝作若無其事地平淡附和，可腦內控制不住的各種想像，使得那張艷麗臉蛋上飄染出淡淡紅暈。

「哪裡不錯？明明會變得腿短手也短。」一刻沒好氣地吐槽，沒注意到楊百罌臉頰上正微紅著。

當一刻說完，他驀然意會過來，自己這下子是將縮水數倍的安萬里貼上了「腿短手短」的標籤。

「抱歉，學……」一刻下一個音節硬生生哽住，他不確定這稱呼究竟適不適合面前的安萬里。

傷害胡十炎，設計讓他們在不知情的情況下破解「唯一」封印的守鑰，分明消失無蹤了。然而此時此刻，他們眼前卻又站著一個安萬里——迷你版的。

一刻覺得他們簡直就像在作夢，也許這場荒謬的夢根本還沒醒。

「雖然我們算是第一次見面，但就喊我學長吧，小白……我應該沒叫錯名字，我有努力把我沒追上的進度補一補了。我想說的是，我很喜歡你們這樣喊我。」如今身高甚至不及胡十炎小腿肚的安萬里笑著說道，碧眸彎成好看的彎月狀，「這代表我還很年輕呢。」

一刻呆了呆，不知道是因爲那熟悉的和善態度，還是因爲對方明明已經七百多歲了，還理直氣壯地把自己劃分到「年輕人」的行列。

「唔啊，這種厚顏無恥的發言……肯定是狐狸眼本尊沒……」接收到安萬里投來的含笑眼神，柯維安頓時一哆嗦，忙不迭閉上嘴巴。

就在這時，一直任憑小輩們發言的部長們中，有人開口了。

「奴家不在意年不年輕的問題。」紅綃托著腮，妖嬈的笑容淺淺掛在唇畔，桃紅色眼眸一如以往，仍舊柔媚地瞅著人，「奴家只有一個問題──」

那纏綿勾人的聲音瞬時轉爲森冷。

「你到底是什麼？」

那還是一刻等人首次見到向來千嬌百媚的開發部部長，展露身爲「大妖」冷酷的一面。

「我？我不算是完整的安萬里，可也稱得上是安萬里，的部分。」就算數條紅紗絞成刺針的形狀，迅雷不及掩耳地逼近身前，只要再往前推進幾寸，便會沒入安萬里的眼珠和身軀裡，他還是保持微笑。

另外三名部長誰也沒吭聲。

灰幻陰沉地板著臉，范相思氣定神閒地把玩著造型奇特的摺扇。惠先生的雙眼被墨鏡遮住，無從判斷他現在的表情。

自個兒的上司都不說話了，跟著參加會議的各部門成員自然連大氣也不敢喘一聲。

相較於早先的靜默，此時氣氛更爲詭譎難測，就像水面下的漩渦，暗潮洶湧。

一刻他們不由自主地屏著氣，看向主位上的胡十炎。

黑髮金眸的小男孩莫測高深地望著這一幕，彷彿等著看接下來的發展。

一刻他們再看向安萬里。

安萬里的笑意沒有任何動搖，毫不閃躲地直視紅綃。

「……嘖，奴家還以爲會見到有趣的反應。」紅綃彈了下舌，紅紗轉眼消失。

「然後妳就會無所顧忌地攻擊我了吧？」安萬里溫聲地說。

衣著暴露大膽的開發部部長撩撥自身的桃紅色髮絲，沒有回應，但無疑是變相地承認。

「待會要說明的事有點長，雖然是這個尺寸，但我想要求一張椅子應該不過分。」安萬里摘下眼鏡擦了擦，再戴上。

「提供椅子的話，本姑娘可以第一個提問嗎？」范相思笑咪咪地拔下三截扇骨，頓見扇骨變成了紙鈔，再自動摺疊出椅子的形狀，送至安萬里身後。

目睹此景的一刻和柯維安無比震驚。兩人隔著曲九江對視一眼，在彼此眼中讀到以下訊息。

靠杯啊！范相思的扇子是錢變成的嗎？

我也是第一次知道……太奢侈了啊……

「我想十炎也同意女士優先的。」安萬里優雅坐下，比出了「請說」的手勢。

「你說你是部分，那你究竟還是不是安萬里？還是守鑰？」范相思仍是那副爽朗笑容，可是安萬里絕不會忽略在她有一下沒一下敲著桌面的同時，指腹下閃晃的劍影。

「是也不是──我不打算用這麼曖昧的說法。就如我方才所說，我是安萬里的部分，也可以視作分身，只不過是完全獨立切割出來的。我同樣保有守鑰一族的力量，只是更爲弱小，體內也沒有『唯一』的污染。」安萬里語速不快也不慢，聲音清晰地迴盪在會議室中，進入眾人耳內。

「在說明爲何我會被分割出來之前，我建議我們先弄清楚守鑰代表的眞正意義，還有這一族和『唯一』的眞正關係。」

安萬里聲音乾淨溫煦，就像拂來的微風，就像舒適的午後陽光。

他說：「守鑰的實際含意，其實就是守護之鑰，是守護『唯一』的鑰匙，而非妖怪們皆誤以爲的『唯一』天敵。」

守鑰總是伴隨著「唯一」的降臨而出現，他們獨特的結界力量，能夠完全封印住「唯一」，使之陷入沉眠，不再爲妖怪帶來災禍。久之，自然被視作「唯一」的天敵。

可是封印的效力每隔七百年便會衰退減弱，然後再次迎來「唯一」的甦醒。

而每一次甦醒，似乎都會爲「唯一」帶來更強大的力量，守鑰的封印作業似乎也顯得更困難了。於是四大妖們決定聯手，加入協助封印的行列。

終於在七百年前，妖狐、吞渦、鳴火和情絲合力，先是重創「唯一」，再同守鑰之力，

將「唯一」分割爲四部分，重新封印住，直到下一個七百年的到來。

「到這裡爲止，是大部分妖怪都知道的事，也的確是眞實發生過的歷史。」安萬里語氣未變，但他的笑意斂起了，收得一乾二淨，「問題就在於，守鑰的封印，眞的是用來阻止『唯一』禍害妖怪的嗎？噢，當然不是，怎麼可能會是。守鑰是『唯一』產生出來的。」

安萬里頓了頓，嘴角勾起一抹沒有笑意摻染其內的弧度。

「你們說，孩子怎麼會攻擊母親呢？」

守鑰是由「唯一」產生？

守鑰一族和「唯一」的關係，等於是孩子與母親？

饒是已大致清楚守鑰爲守護「唯一」存在的胡十炎、灰幻和范相思，在聽見安萬里剝離感情般說出的話語，也不由得當場震懾。

更遑論全然沒有心理準備的一刻等人。

彷彿未察覺會議室內陷入了針落可聞的靜默，也像是沒瞧見那一張張布滿震撼或驚駭的臉孔，安萬里不疾不徐的嗓音繼續響起。

「守鑰的結界『唯一』無法突破，這是爲了確實保證『唯一』能在裡頭休養，至她完全回復力量，甚至變得比原先更強大，結果這能力反被錯當成是『唯一』的天敵。十炎，你們覺得『唯一』是什麼？」

「是災禍。」面對突如其來拋出的疑問，胡十炎不見遲疑地回答道：「她會污染妖怪們的心智，使之拋開理智的枷鎖，失去眞正的自我，陷入狂暴——老妖怪，難不成你要告訴我，連這部分也是虛假的嗎？」

「不。」安萬里搖搖頭，「這也是眞的。然而最不可思議的是，能夠污染妖怪，能夠產生出守鑰一族的『唯一』——蒼淚，實際上卻是不具備意志的。」

輕輕巧巧的一句話，卻像驚雷落下，震得所有人難以置信。

「她沒有意志!?」胡十炎再怎麼老成冷靜，頓時仍忍不住失聲喊道。

也怪不得胡十炎控制不住讓情緒外露。

「唯一」在妖族的傳聞中，一直是窮凶惡極的災禍。雖說絕大多數的妖怪幾乎不曾目睹，但在心裡皆認定「唯一」就該是殘忍無情、力量恐怖的大妖。

可如今，安萬里竟說「唯一」——根本沒有意志。

沒有意志，那不是和死物沒兩樣嗎？

胡十炎臉色變了又變，心思百轉千繞。

同樣是妖怪的灰幻和紅綃，一樣無法保持平靜。

灰幻鐵青著臉，神色難看得很；紅綃滿臉驚悚，桃紅色眼睛睜得大大。

其他各部成員更不用說了，他們一個個掩不住震驚之情。

這對妖怪們而言，無疑是項驚天之祕。

「見鬼了……」胡十炎重重背靠上椅子，乾巴巴地說，「那『唯一』究竟是個什麼玩意？我們費盡心思，想阻止甦醒的……究竟是什麼？」

「是災禍。」安萬里重複了胡十炎曾說過的三個字。在胡十炎射來凌厲視線前，他舉起手，示意眾人先聽他說完，「大自然間存在著災禍，山崩、地裂、洪水、大火。同樣地，妖怪間也存在著災禍，就是『唯一』。」

「副會長，你的意思該不會是……」柯維安趁著空檔也直起身、舉起手，卻是為了發問，「『唯一』等於是種擁有人形、專屬於妖怪的……呃，一種天災？」

「這解釋很恰當，差不多就是這樣。」安萬里頷首。

柯維安張著嘴，好半晌才閉上，搖搖晃晃地一屁股坐回位子。

如此一來，就說得通「唯一」為什麼不具備意志了。

「就像山崩、地裂，這些災難也只是種現象……又怎麼可能會有意志？」楊百罌喃喃地說，像是自言自語，而非要說給旁人聽。

「等等、等一下！我也想問！」蔚可可用力挺直背，握成拳的手臂筆直往上舉，另一隻手依然沒有從秋冬語的手背上抽開，「那守鑰是從『唯一』誕生的，又是指？而且守鑰是一誕生就受到污染嗎？那個……」

蔚可可嚥下口水，小心翼翼地覷著安萬里，「現在的學長，看起來不像有被污染……還是說，是因爲被分割的關係……」

「我正好要準備說明這部分了。」安萬里和善地笑笑，「事實上，守鑰一族不是一開始就明白自身與『唯一』的關係，和鳴火一族倒是有些類似。」

已經經歷過覺醒的曲九江微挑眉梢，「他們是痴呆得弄不懂自己的來歷嗎？」

「閉嘴，曲九江，別打斷學長的話。」一刻沒好氣地橫了一眼，順道提醒自己的神使，「照你那樣說，你沒弄清自己是鳴火前，不也是痴呆了？」

「噗！」有誰噴笑出聲。

發覺曲九江森寒的目光像要在自己身上刨出洞，沒憋好笑聲的柯維安趕緊以最快速度緊摀著嘴巴，往後縮了縮，正好讓曲九江和楊百罌的嘲笑眼神撞在一塊。

曲九江繃著臉，面無表情地別過頭。

「哇！這算是修羅場嗎？」蔚可可和秋冬語竊竊私語，「宮一刻引發的修……好痛！」

「修你媽啦！又在胡說八道個什麼鬼？」沒錯過自己名字的一刻，收回剛敲在蔚可可腦袋上的拳頭，眉毛皺得緊緊，「給老子當個安安靜靜的少女。」

「『美』呢？你不能把『美』字省略掉啦！」蔚可可抱著頭，哀怨地抗議。

一刻回給她警告意味十足的獰笑，再對安萬里說，「抱歉，學長。」

「沒關係的。透過你們的談話及反應，這樣我也能更快地熟悉你們。」安萬里的微笑真誠柔軟，就算接觸到秋冬語冷然的黑瞳還是沒有改變。

「守鑰一族從『唯一』誕生之後，再由自身繁衍後代，但人數終究相當稀少。也許再過不久，守鑰就會徹底滅絕。而那時沒有守鑰守護的『唯一』，恐怕也已強大到誰也阻止不了……除了最初的一批族人本身就是污染完全體外，接下來誕生的守鑰體內都存有著『唯一』的污染因子。假使沒有碰觸到污染源，也就是『唯一』，那麼污染就不會爆發，守鑰也就不會得知自己與『唯一』的眞正關聯。」

「原來如此……怪不得會說和鳴火類似。」范相思摸摸嘴唇，提出新問題，「上一代的守鑰不會告訴下一代嗎？」

「不會。」安萬里說，「初代守鑰們發現什麼都不說的話，反而更容易被人錯當成尋常妖怪。如此一來，誰也不會知道守鑰的眞正由來，也不會知道守鑰的結界是爲了用來保護製造完災禍的『唯一』不受干擾地休息，等待力量重新蓄滿。這就是七百年後封印之所以減弱的原因。」

「減弱的封印終會擴滲出『唯一』的氣息，就像受到污染的情絲那樣。如此一來，守鑰也將無可避免地接觸到了污染源。一旦接觸，體內的污染因子就會完全擴散，佔領全身，成為眞正的——守護『唯一』之鑰。」

「只不過……上一代恐怕沒料到，四大妖會一併投注力量幫忙，使得這一代在解除封印上，還必須想辦法利用四大妖，才能順利解封。」

胡十炎無意識地撫上自己重新纏好繃帶的傷口，數日前，那雙幽藍眼眸想必就是所謂的「污染完全體」。

「那你呢？」胡十炎金瞳如猛獸般攫住安萬里，「『唯一』的祕密我明白了，守鑰的祕密我也明白了。本大爺現在想知道的，是你。」

「如果你不介意，接下來我用守鑰和安萬里來區分另一位……和我的差異。」安萬里推了推鏡片，就算體型縮水，絲毫不減他做這動作的溫文優雅氣質。

「在體內的污染因子爆發前，安萬里喜歡人類、喜歡文學、喜歡他公會的朋友們，這絕對不是謊言。然而他終究接觸到了污染源，於是污染爆發，開始擴散。他知道了守鑰的祕密，也知道無論多喜歡人類、文學、朋友們，最後他都會成爲眞正的守鑰。因此他決定採取一個他也無法保證結果的計畫，他要分割出尚未沾染到污染的獨立分身，就是你們現在見到的……我。」

安萬里的嗓音不自覺轉低，沉沉地迴響於會議室各處。

在他的說明下，眾人知道分割出來後的分身，便是一個全然獨立的存在。他不會再知道之後發生的事，他被藏於一個守鑰不會發覺的安全地方，直到哪天終於被他人找到，然後甦醒。

「慢著！」灰幻冷不防出聲，眉毛擰起，素來沙啞的聲音添了一股躁怒，「蒼井索娜的珍藏室是安全之地？別開玩笑了！這他媽的聽起來就是鬼扯！安萬里，你當我們腦子都浸水了嗎？還是那個守鑰的腦子浸水了？」

「我沒有開玩笑，灰幻。」安萬里眉眼溫和，「守鑰對『唯一』以外的事物不感興趣，他對安萬里喜歡的東西更是漠不關心，所以他從來不曾踏進珍藏室一步。你們可以這樣想，安萬里體內就像有兩股意識。污染的部分是守鑰，尚未受到污染的部分，是原本的安萬里。但在分割出分身後，本體裡的『安萬里』已變得微小。」

「而另一部分做了什麼事，彼此間是可以設法得知的。如果不是多虧蒼井索娜這項愛好的遮掩，我這個被分割創建出來的分身，恐怕早就毀於守鑰之手。」

至今爲止所聽見的一切，皆如此荒謬，如此不可思議。

可同時……也如此合情合理地說明了所有。

胡十炎遭到重創前聽到的那一聲「快逃，記得我說過的」，就是那名黑髮男子體內最後殘留下來的「安萬里」意識。

那縷微弱的意識徹底消逝前，甚至還干擾了守鑰的攻擊，使得那鋒銳五指沒有傷到胡十炎的心臟或晶核，精準地從中間貫穿過去。

倘若偏移幾分，胡十炎今日就無法坐在這間會議室了。

這點，不光是胡十炎立即就意會過來，其他人也很快想通了七、八分。蔚可可忽然發現，秋冬語的氣息不再凌厲，使勁抓握住的手指也漸漸舒展開來，顯然不再將桌面上的安萬里視作敵人。

「大致上，事情的眞相就是如此，還有什麼疑問嗎？」安萬里自椅子上站起，沉穩地迎視上一道道落在自己身上的視線。

年輕的神使們最先搖頭，他們想知道的都已獲得解答。

「本姑娘沒有。」范相思笑吟吟地展開扇子。

「奴家也沒有了。」紅綃柔媚地輕吁一口氣。

「警衛部這邊也沒有。」惠先生總算出聲。

「我有！」灰幻粗暴地說，眼中像有蒼白之炎躍動，「你憑什麼覺得我們會相信你的話？也許這又是該死的鬼話連篇！」

「因爲十炎讓我站在這裡向你們解釋了──灰幻，我猜這能代表一切？」安萬里微微一笑，還是溫文的語氣，不惱也不火，「另外，我對蒼井索娜的愛也不假。」

就在這時，尙未明確表態的胡十炎將雙腳擱上桌面，十指交握，慢呑呑地說道：「你也別挑剌了，灰幻。你要眞懷疑那老妖怪的話，早就隨便抓著什麼往他臉上砸過去了。」灰幻重重地彈下舌，板著臉，陰沉地不再開口，算是變相承認自己最後仍選擇站在贊同的一方。

「本大爺想知道的也差不多了。最後一個問題……」胡十炎像是感到些許疲累地打個呵欠，童稚的小臉又蒼白了幾分，不過微瞇的金黃眼瞳裡利光閃爍，有若出鞘的劍刃。「岩蘿鄉、寂言村、繁花地，守鑰解了三處封印，最後的『唯一』封印，在哪裡？」

「——繁星大學。」

平靜的四個字飄至空氣中，有如雪片，轉眼消融無蹤。

起初，所有人都以爲自己聽錯了，否則怎會聽見如此熟悉的地點。可是當他們望見安萬里收起笑意、碧綠到透出銳芒的雙眼時，那四字隨即眞眞切切地在他們腦海內炸開了。

就像巨石落下，激起驚濤駭浪。

繁星市，繁星大學。

就是「唯一」的最後一個封印所在！

原來在那裡，居然就在那裡，在那咫尺之遙的地方。

「我的天……」柯維安倒抽一口氣，乾巴巴地擠出聲音，「在繁大？在、在我們唸書的地方!?」

「大驚小怪個什麼勁？我妖狐族不是天天還踩在封印上面走？」胡十炎嗤之以鼻，像是對這答案不感到多大震驚。

但坐在他左右兩側的范相思及灰幻，都在上一瞬間敏銳地捕捉到胡十炎手指驟然收緊。范相思抿直了唇，暗中與灰幻交換一眼。

他們知道六尾妖狐並不光是得知封印之所而受到影響，而是安萬里的回答，無疑更加深他們心裡的某個猜想，讓他們的心無可避免地沉了沉。

「老大，就算你那樣說沒錯，小芍音也是天天跟半個封印相處在一起……可是、可是……」柯維安的呻吟趨近於哀號，「那是繁大，是我們的學校，是人家和小白親親牽起命運紅線的地方耶！」

「我操！誰跟你牽起那什麼鬼紅線了！」一刻拍桌站起，青筋在額角突突跳動。

而拍桌餘響還未散去，突然間，會議室又出現一聲響亮的——

咚！

「老大？」

「老大！」

「十炎！」

驚喊聲霎時四起，誰也沒有想到胡十炎會像斷線的木偶，無預警地一頭栽撞在桌上。

第三章

現場瞬間變得混亂不堪。

灰幻等人起身力道最大，險些翻倒椅子；秋冬語纖細的身影已竄跳至長桌。

不過一室眾人中，當屬紅綃動作最快。

數條柔軟紅紗第一時間將胡十炎身子捲起，連同點滴架一併拉來。

紅綃大步走至胡十炎身邊，白袍衣角隨那迅敏步伐翻起一個弧度。

見狀，范相思即刻抬起手，示意其他人稍安勿躁。

「那名妖女雖然是那德性，不過好歹也負責公會裡的醫療。」灰幻硬邦邦地說道。

「呵，奴家這德性怎麼了?帝君也不曾嫌棄過，更別說比你這不男不女、只能單方面相思成災的好多了哪。」紅綃不客氣地還以唇槍舌劍，手上絲毫不馬虎地飛快檢查胡十炎的情況。

她是位瘋狂的實驗家，同時也是一位醫生。

紅綃原本以爲會聽見灰幻惱羞成怒的咆哮，但回應她的只有安靜。

這可不尋常，她和灰幻向來水火不容。

紅綃抽空抬眸，訝異地發現灰髮少年唇邊赫然扯出了得意的弧度，彷彿是衝著她炫耀。

雖然那弧度轉瞬即逝，卻足以讓紅綃猜出個大概。她彈下舌，將「鮮花插在一塊石頭上」給嚥了回去，隨後直起身，指揮綿羊玩偶負責抬好胡十炎。

「老大沒事，就是睡著了。」紅綃一彈指，天花板上開出個洞，滾落幾隻白花花、像雪球的咩咩君，加入了攙扶和拿點滴架的行列。

一刻瞪著天花板黝黑的洞口，眼角抽了抽。這大樓的天花板到底藏了多少隻羊啊！

「睡著？」柯維安和蔚可可不容易藏住情緒，立刻目瞪口呆地一起大叫。

「不是因為傷勢，加上休養不夠而昏倒嗎？」楊百罌蹙起姣好的眉，提出覺得更合理的看法。

「他打呼了。」紅綃聳聳肩膀。

眾人聞言一靜，果然下一剎那便聽見規律的呼吸聲從胡十炎瘦小的身子傳來，那些提至嗓子眼的心頓時紛紛放下。

「還好、還好……嚇死我了。」蔚可可拍拍胸口，吐出一大口氣。

「老大無大礙……太好了……」秋冬語伸手幫忙拍撫蔚可可的背，像是在安慰對方，也像是在安慰自己。

「奴家先帶老大回開發部，副會長你也跟奴家走一趟吧，檢查檢查你的身體，順道讓奴家和部下們研究研究就更好了。這可是和本體切割開來的守鑰分身……哎，奴家很想從裡到外地徹底弄個明白呢。」紅綃掩唇媚笑，眼裡的奇異光芒就像每次碰上有趣實驗時那樣狂熱。

「只要不將我解剖，我並不介意當開發部的研究素材。」安萬里心平氣和地說道。

「可可、小語。」范相思突然點名了兩名女孩子。對上兩雙反射性看向自己的眸子後，她笑咪咪地說，「妳們倆也跟紅綃過去吧，幫忙照看一下老大，免得老大一醒來，又坐不住地亂跑。」

「同意……」秋冬語點點頭，「老大是很不合作的病人，還討厭……吃藥。」

「我也不喜歡吃藥……」蔚可可似乎回想起以往的經驗，俏臉皺成一團。

在紅綃的帶領下，數人和數隻羊先行離開了壹間會議室。

「惠先生。」范相思又說，「這段時間的巡視，就麻煩你們部門的人多加強了。也要盯好各個入口，別讓里梨偷溜出去找守鑰理論。我知道她應該不至於胡來，不過預防萬一總是好的。她有時候比較小孩子心性，雖然有珊琳陪著她，但也要避免被她拉著走。」

「這些事都交給我們警衛部吧，正好也讓那群閒太久的傢伙卯起勁來做事。」惠先生摘下鮮少離臉的墨鏡，他的眼睛赫然一片漆黑，唯有瞳孔像是火炬般閃動白熾的光芒。

「很好。」范相思咧開悍然的笑容，大力拍下手，「再來是特援部和執行部的，去找甲乙他們，將方才聽到的事情經過整理成一份說明文宣。記得標明我們的敵人是守鑰，那個『成人版』的安萬里，我們的副會長則是尺寸縮水的安萬里。文宣弄完就發送給全公會，聽明白了沒有？不明白的話，本姑娘可以鉅細靡遺地重說一次，一個字一百……」

「完全明白！」

「肯定明白！」

「沒有不明白的，相思大人！」

堪稱雄壯威武的喊聲齊唰唰響起，深怕只要回得慢了，就會陷入賠錢賠到脫褲的危險。

「明白了就挪動你們的腿滾出去！腦袋不准忘記帶上！」灰幻嚴厲地砸下斥喝。

剎那間，壹間會議室裡呼啦啦地又少了大半人。

「那我們也……我自願跟小白去陪里梨和珊琳！」柯維安一手舉高高，一手像八爪章魚般纏上一刻的胳膊。

「滾你的蛋。」一刻果斷無情地拍開那隻爪子，「少牽拖我。」

「我會回家一趟，向爺爺說明『唯一』和守鑰的事。楊家不會退卻，更不會從『守護繁星市』這項職責中退出。」楊百罌艷麗的臉蛋上沒有明顯情緒起伏，可冷淡的嗓音裡散發出一股不妥協的強硬。

這說明了她絕對不會讓自己被排除在事件之外——楊家要和神使公會並肩作戰。

「還有曲九江。」楊百罌最末又說道。

「哎？班代這句『還有曲九江』又是什麼意思呀？」柯維安一頭霧水地和一刻小聲咬著耳朵。

「曲九江會一起回去，還有楊家也不會從保護曲九江這項職責中退出，聽起來很像是這樣。」一刻聳著肩膀，「不過幹嘛要說得彎彎繞繞的？」

「哎唷，這我就知道了！甜心，因為是傲……」

「小白。」楊百罌幾乎強硬地截斷柯維安未盡的句子，先是冷冰冰地瞪了他一眼，才又嚴肅地說道：「你也可以和我們回楊家，繁花地的經過，我想由你說明會比曲九江好更多。」

雖然楊百罌力求拿出公事公辦的態度，但從微微往下飄的眼神，和不自覺泛紅的耳根，都洩露出她緊張的情緒。

「反正你現在很閒。」曲九江插來一句像是嘲弄，但在明眼人看來，無異是在替楊百罌的邀請推波助瀾的話。

「幹，你才閒！」一刻不客氣地給了一枚白眼。

——總是對自身事格外遲鈍的白髮男孩，從來就不能算在「明眼人」的行列裡。

「楊百罌，要是眞有什麼問題需要我幫忙說明，妳再打電話問我吧。」比起對待曲九江的凶惡態度，面對身爲女孩子的楊百罌，一刻透著凶氣的稜角就會稍微收斂，語氣也趨向和緩，「我得去聯絡蘇染他們，要是再把他們晾著……好吧，我覺得我的皮應該要繃緊了。」

一刻耙耙白髮，臉上是無奈和縱容交織在一起的表情。

「蘇染他們……」楊百罌抿了抿唇，不知爲何欲言又止，「他們現在是……」

「什麼？」一刻納悶地望回去。

可楊百罌忽然又搖搖頭，含糊說了句「沒事」後，美麗的臉龐再次恢復一貫的冷然。

一刻也沒在意，正準備和范相思、灰幻打聲招呼便離開，半敞的會議室大門卻猛地闔上了。

聲音雖不大，卻足以讓一刻等人一愣，反射性看向那扇像是受到無形力量關閉的門板。

「誰准你們走了？」難分男女的中性嗓音不耐煩傳出，粗厲的音質彷彿只要再經過幾次磨擦，就會閃燃出暴躁的火焰。

「不是不能走，不過你們幾位小朋友必須晚點才能走。」清脆悅耳的女聲緊接著說，與先前的嗓音截然不同，就像音色美好的鈴聲敲晃著。

一刻他們轉頭，或是訝異或是陰冷的視線對上了會議室內留下的兩名部長。

灰幻和范相思。

「放心好了，不會說太久，很快就結束。」范相思闔攏摺扇，輕敲了下桌緣，「畢竟有些話不適合對每個人說。」

「妳是特意讓其他人先出去的？」柯維安腦子轉得飛快，立刻脫口問道。

「差不多吧。」范相思點點頭。

但這個沒有給出確切肯定的答覆，反而讓柯維安覺得事情沒那麼單純。

范相思他們接下來要說的，是只有他們這些神使才能知道的祕密嗎？

不對，如果是那樣，小可該被留下來，而不是被范相思指派與小語一起離開……或者是其他部長不能知道的？不，這樣更不合理。

老大必須休養，范相思、灰幻、紅綃、惠先生還有安萬里，則得一同扛下率領公會、對抗守鑰的責任。

在這種非常時刻，范相思和灰幻不可能故意隱瞞其他幹部。況且，紅綃是因爲老大體力不支才會先行離開的。

也就是說，明顯像是被特意支開的果然就是……

「妳不想……讓小可和小語聽見你們待會要說的事？」柯維安呑呑口水，乾巴巴地問，「但、但是爲什麼？爲什麼小語她們不能……」

「因爲事情就是和秋冬語有關。」灰幻冷聲地說，臉部線條繃得愈發冷峻。

這點，足以讓一刻等人察覺，他們即將知道的不會是什麼輕鬆的內容。

沒有人對於「爲何蔚可可不能知道」這部分提出質疑。

那名鬈髮樂天的女孩是藏不住心事的性子，喜怒哀樂全寫在臉上。一旦知情了，秋冬語很快也會發現到不對勁。

「很嚴重嗎？必須連蔚可可都瞞著？」楊百罌輕蹙起眉。

她和蔚可可交集不多，最初認識時，雙方的立場還處於針鋒相對的狀態——當然更多原因得歸咎在蔚可可的兄長身上——但她並不討厭那名坦率、常常又少根筋的女孩子。

蔚可可有時候就像小白的妹妹，她也覺得……有這樣的妹妹似乎很好。

「和『唯一』有關。」灰幻擺明不想多費口舌，陰沉地扔下一句話就緊閉嘴巴，直接交由范相思負責說明。

「唯一」兩字，似乎令一刻他們怔住了。

「我希望你們還記得安萬里方才說過的。」范相思乾脆俐落地打破安靜，「守鑰一族要接觸到污染源，也就是『唯一』，體內的污染因子才能進而擴散。封印被解開前，可不能算作污染源。」

「也就是說，學長是在比西山妖狐事件更早之前就接觸到其他的……」一刻茫然地說，

「可是，封印那時都還沒破吧？『唯一』不是只被分成四部分封印起來嗎？既然如此，學長

他到底是在哪……」

一刻霍地瞪大眼。就算再怎麼荒謬，然而一旦排除所有可能性，那也就是唯一的答案。

「第五個……難不成還有第五個封印嗎？」柯維安刷白了臉。一刻想到的，他自然也想到了，甚至還想得更多，「有個我們誰也不知道的第五封印，然後它早就是呈現被解開的……」

「閉嘴！范相思有說她說完了嗎？」灰幻忍無可忍地暴喝，一拳砸在長桌上，猶帶青稚的面容閃過猙獰險惡，「敢再打斷她的解釋，信不信我直接撕了你們這群小鬼的嘴巴！」

「抱歉……」一刻抹把臉，不忘遞了警告的眼神給曲九江，嚴禁對方這時候再吐露挑釁的言詞。

那個字典裡少了「禮貌」兩字的傢伙，很可能幹出這種蠢事，他都看到那雙細狹的眼瞳轉成妖化後的銀色了。

柯維安被那份躁怒震懾得縮縮肩膀，但也意識到自己的確太過心急，太早論斷，趕忙摀著嘴巴，藉此表示自己會保持安靜。

范相思輕吐出一口氣，摺扇在她的揮動下，於半空中倏地勾勒出數道發光線條。

「你們倆的猜測還差一點點，封印只有四處沒錯。西山岩蘿鄉、情絲與傾絲的體內、繁花地，還有繁星大學。」

光線在不同方位各繞出一個圓。

四個圓圈，代表的分別是四方封印的位置。

「不過在我們知道最後的封印是藏在繁大之前，安萬里就曾先對我、灰幻和老大說過有一處封印其實沒有很完善，恐怕連負責封印的上代守鑰也沒有留意到。應該被徹底保護在結界裡的『唯一』，真的有一小部分遺落在外——那就是安萬里所碰觸到的污染源。」

光圈剎那間滅了三個，僅留一個。

新的淡紫色光絲自虛空湧出，在「唯一」的光圈旁勾拉出不同的形狀。

先是戴著眼鏡的粗略人形，再來是像書本、光碟等更多形狀。

「安萬里是在近十多年間展現出他與眾不同的愛好，否則以前他只是個單純的文學少年……好吧，太虛偽了，文學男人吧。附帶一提，蒼井索娜其實是童星出身，安萬里從她年幼一路追星追到現在，可真算得上是一位鐵桿粉絲了。總之，這顯示出從那個時間點開始，他發現到他的污染在擴散，他需要可以遮掩自己計畫的存在，來預防守鑰知情……柯維安，你看起來問題都快衝出嘴巴了，先讓你問。」

「天啊！太好了……」柯維安如釋重負地放下手，憋不住的疑問馬上連珠砲射出。

「所以那個污染源，是安萬里在十幾年前才遇到的？這樣不可能是繁花地，末藥那時候還在，山神怎會沒發現自己的領地上有異物？傾絲和情絲就更不可能，怎麼算都只剩下岩蘿鄉和繁大了吧？但是岩薙有那麼多妖狐，即使老大不在，左柚小姐不也還在那裡坐鎭？繁大也不太可能啊，那時期繁大正在建造吧？我聽說老大幾乎天天去暗中監督，因爲那是將來要讓小語去讀的學校。小語好像也是在那個時期，從結晶裡誕生的……」

柯維安的聲音驀地消失。他張著嘴，卻再也沒有擠出其他字句，彷彿有硬塊哽在了他的喉嚨裡，那雙本來就大的眼睛更是瞠大至極限。

柯維安感到有股前所未有的寒意爬上背脊，一個哆嗦，險些站不住腳，猝然重重跌坐至椅子上。

「柯維安！」一刻連忙一個箭步上前，不明白對方怎會像無端受到偌大打擊。

明明照他的分析來看，四處封印地都不太可能出問題。

「小白，你們也、也許不知道……」柯維安結結巴巴地說，手指尖開始發冷，他用力握住自己的手，「小語在很久很久之前，就被老大撿回來了……神使公會在當時甚至只處於草創階段……」

「然後？」一刻還是一頭霧水，但他直覺柯維安要說的事很重要。

「然後那時的小語，其實只是一顆奇異的紅色種子。老大把種子種下了，之後某一天，生長出鮮紅色的結晶花朵。接著花朵越開越大，結晶蔓延開來，直到那朵花終於碎裂，從中誕生出小語。」

「這和學長又有什麼關係？」一刻緊皺眉頭。

「小白，你們難道忘了嗎？」柯維安的聲音接近驚悚的呻吟，「小語被老大撿回來的地點……那個地方，就是繁星大學的前身啊！」

隨著柯維安驟然拔高的吶喊，一刻等人霎時只覺一盆冰水兜頭淋下，連帶抽走體內的溫度，取而代之的是一股戰慄從腳底直衝腦門。

有一處的封印不完善，導致「唯一」更細微的部分遺漏在外，成了讓安萬里污染因子爆發的污染源。

秋冬語原身的種子，就是胡十炎從封印地帶回來的。

秋冬語在十幾年前才真正誕生。

安萬里的污染在同一時期開始發生。

「咱聽說妳被那名引路人指是非妖也非怪，別聽他瞎說。雖然不曉得他的空間怎麼會對妳失效，可是咱可以很肯定地告訴妳，咱在妳身上聞到一絲極細的妖氣。」

畢宿那一夜迴盪在利英高中的話語，重新在一刻耳邊響起。

頭生金色雙角的金牛星說得如此鏗鏘有力，毫不遲疑。

秋冬語非人非神，她是妖怪。

無法忽視的線索如今一口氣全擺在眼前，成了無比殘酷的現實。

「見鬼了……」一刻喃喃地說，他的嗓音不自覺變得嘶啞，就像是在無力地咒罵著。

「當初在引路人的空間裡，小語爲何不受影響也就說得通了。」范相思慢慢開口，語調平緩，有如強迫自己將情感盡數從裡頭抽離。

「引路人同樣受『唯一』污染，顯然他沒辦法影響和他同本質的存在。既然沒有意志的『唯一』能夠誕生出守鑰一族，那麼她遺漏在外的部分，能夠成長爲有意志的獨立個體，也不是不可能的事。」

深吸一口氣，短髮劍靈雙手撐在桌面上，身子往前傾，鏡片後的貓兒眼直直盯住一刻他們，吐露出終究得面對的眞相。

「小語就是污染源，她就是『唯一』的部分。」

□

即使離開了壹間會議室，范相思說過的話依然在一刻腦海裡徘徊不去。

自己系上的同學，公會裡的同伴，和蔚可可結爲死黨的秋冬語……那名外表猶如人偶的長直髮女孩，居然是「唯一」的一小部分化成的!?

一刻已經不知道究竟是守鑰的祕密或是秋冬語的眞正身分，哪個更讓他感到驚嚇了。

「這未免也太靠杯了吧……」一刻背抵在走廊牆上，雙手用力搓搓臉，像是想藉此將腦中混亂如麻的思緒好好整理一下，「今天是該死的眞相爆料日嗎？」

沒有人回答一刻的自言自語。

此時這條寬敞的走廊上，就僅有白髮男孩隻身一人。

走出壹間會議室後，一刻就用「他想要一個人想想事情」這個理由，要柯維安他們先去忙他們該做的事，自己則獨自留下。

按照范相思，不，應該說是按照安萬里的說法……秋冬語是由「唯一」部分所化，但她的確是個完全獨立的個體，和「唯一」之間並沒有連繫，也沒辦法像守鑰或情絲一樣，再對其他妖怪造成污染。

安萬里體內的守鑰意識會甦醒，是因爲他本身就存有污染因子，在和秋冬語接觸後，無可避免地爆發了。

而既然身爲「唯一」的部分，守鑰絕對不會放過秋冬語。否則就算四處封印都解開了，復甦的「唯一」也不夠完整。

更糟的是，一旦秋冬語知道自己的身分，爲了保護胡十炎和公會，爲了讓「唯一」永遠無法成爲完全體，她會毫不猶豫地──犧牲自己。

這就是范相思他們要隱瞞秋冬語和蔚可可的眞正原因。

他們不能容許這種事發生。

那是秋冬語，是胡十炎最寶貝的女兒。

無論如何，他們都會想方設法地拚命阻止。

「更不用說，那也是蔚可可那丫頭最好的朋友……」一刻吐出一口氣，不會忘記兩名女孩感情好到像是連體嬰。

而且，自從認識了蔚可可，秋冬語才逐漸變得更有人味，更擁有情感地活著。

那是好的改變，一刻不希望那改變必須為了那狗屁的守鑰和「唯一」而被迫中斷。

同樣，一刻也不希望被他當作妹妹看待的蔚可可，露出傷心欲絕的表情。

即使到現在，那些驚人真相帶來的震驚感猶然殘留在體內，可一刻眼中不再存有任何迷惘或猶豫。他的眼神堅硬銳利，就像出鞘的刀劍。

那是一雙做好決定，就絕對不會退縮的眼睛。

一刻已經決定，管他是守鑰、符廊香或是瘴異，誰敢試圖帶走他們的朋友，就揍給他死！

「宮一刻，你幹嘛露出那種想和人打架的笑容啊？」突如其來，一道脆生生的少女嗓音橫入，一顆腦袋也從另一端冒了出來。

一刻身體瞬間僵住，他猛地扭過頭，髒話隨即爆出，「幹！妳無聲無息是想嚇死人嗎？

沒事學人聽什麼壁角……不對，妳為什麼會在這裡？蔚可可！」

「咿！」蔚可可瑟縮了下肩膀，手指堵住耳朵，卻依然抵擋不了一刻有如雷響的凶惡質問，「耳鳴……要耳鳴了啦！宮一刻，你反應也太大了吧？」

「廢話，那是因為老子差點被妳嚇死……」一刻降低音量，惡聲惡氣地說道，同時迅速回想一遍方才的自言自語有沒有洩露什麼重要訊息。

很好，沒有。

確定後，一刻立即挺直身子，雙手抱胸，凶眉一挑，目光盯住蔚可可。

「你這樣很像在審視犯人耶……吼，宮一刻，你一定是受我老哥影響太深了，這樣老哥簡直就像變成兩個了。」蔚可可苦著臉，嘀嘀咕咕地抱怨。下一秒像是乍然想到什麼，她大力抬起頭，眸子瞠得圓滾滾的，「等一下，人家可是正宗美少女！哪裡會嚇人啊？」

「囉嗦，誰教妳突然出聲。」一見到蔚可可鼓著腮幫子，像小動物般瞪著自己，一刻忍不住伸指往她額前一彈，「所以妳為毛會在這裡？」

「還不是因為想給小語和老大留點空間……討厭，會痛耶……」蔚可可摀著額頭，大眼睛從氣惱轉為哀怨，「好過分，人家一定是最苦命的美少女……老哥那暴君明明不在這，結果現在卻多了一個他的翻版。」

「有膽子就直接對妳哥說如何？」一刻掏出手機。

「不要啊！」蔚可可馬上嚇得花容失色，「我好不容易才矇騙過他，說我和小語要繼待在公會度過淑女的夜晚，隔幾天再回去。」

一刻覺得聽不下去了，這丫頭還好意思自稱「淑女」。

眼見蔚可可似乎還想嘮叨，一刻感到額角抽了抽，當機立斷地沉下臉喝道：「蔚可可，給我立正站好！」

「哇！是！」如同受到制約，蔚可可跳了起來，反射性地挺胸、縮小腹，擺出最標準的站姿。

「還有不准廢話。」

「人家哪有……嗚，我知道了，宮一刻你可千萬別打給我哥。要是被他知道我瞞了那麼多事沒講，他鐵定會剝我皮的……」

「……妳是把妳哥當成什麼啊？」

「惡魔，怪不得交不到女朋友。」

「我可眞同情蔚商白了……」

「哎唷，我又沒說錯……呃，宮一刻，你這幾天應該沒跟我哥講什麼吧？」

「妳這時候問不覺得太晚了嗎？放心，沒有。這幾天亂成這樣，我連蘇染他們那邊都還沒完整交代，最多只傳了『過幾天會跟他們說清楚』的訊息。」一刻雙手環胸，心裡拿定了主意。

「唯一」和守鑰的事，他不會瞞著蘇染和蘇冉，自然也不會瞞著蔚商白。

更何況，盯住蔚可可，讓她乖乖聽話的最佳人選，非蔚商白莫屬了。

雖然說自己大概會被那名高個青年用嚴厲的眼神，從上到下地掃視，被直盯得不由得體內發冷、心裡發虛，因爲自己同樣也把這一連串事給壓著沒講。

想到這裡，一刻暗地嘆口氣，胡亂地抓抓頭髮。就算被胡十炎受重傷、「唯一」封印被守鑰解了三個給搞得心煩意亂，但沒跟同樣參與公會任務的朋友們報備，確實是自己理虧。

大不了……到時候自己乖乖地任人唸一頓吧。

一刻突然的沉默令蔚可可狐疑地彎著腰，仰高頭，大大的眼睛瞅著那張不可親的臉龐。

一刻一回神，就見到蔚可可大特寫般的臉撞入眼內，差點又爆出一聲「幹」。

不管再怎麼可愛，無預警的特寫還是會嚇死人的。

「不要學柯維安忽然把臉湊那麼過來。」一刻一掌將那張俏臉推開，給了一枚大白眼。

「吼，誰教你忽然不說話。」

「那表示老子正在醞釀情緒。」

「醞釀什麼情緒？上廁所？你便祕？」

「便恁娘啦！」一刻鐵青著臉，惡狠狠地說道：「是醞釀給蘇染、蘇冉打電話的情緒，還有……」

「原來啊，那你快打吧，我也很想小染呢。」蔚可可沒發現自己打斷了一刻的話，眉開眼笑地催促道。

見蔚可可一臉笑嘻嘻的，渾然不知自己內心的糾結，一刻面無表情地在手機螢幕上按下一串號碼，再面無表情地向蔚可可宣布。

「還有打給妳哥。」

「哎？」蔚可可一懵，好像一時理解不過來那短短的一句話。

宮一刻說的「妳哥」，指的就是「她哥」，寫作「蔚商白」，音則要唸作「大魔王」的那個，對吧？

蔚可可眸子越瞪越大，俏臉也越來越白。

在一刻將手機調成擴音模式，一道低沉堅冷的「喂？」傳出的剎那間，蔚可可發出的慘叫幾乎響徹整棟公會大樓。

「咿！不要啊——」

第四章

「不要！」

尖促的抽氣聲驀地溢出，胡里梨一個哆嗦，幾乎反射性醒了過來。

被胡里梨起床的動作驚到，和她擠在同一張床上的綠髮小女孩揉揉眼睛，猶帶茫然地跟著爬了起來。

「里梨？」珊琳眨了幾下眼睛，回復清明的視野很快將縮坐在床邊的粉色人影收入。

見到胡里梨抱著膝蓋，臉上微帶未乾的水痕，珊琳連忙擔憂地靠了過去，小手輕輕拍著胡里梨的背。

「里梨，妳還好嗎？是不是又作惡夢了？」珊琳憂心忡忡地問。

那日從繁花地回到神使公會後，珊琳就負責陪伴在大受打擊的胡里梨身邊。一來兩人感情好，二來兩人年齡相近，比起其他人，更可以帶來安慰效果。

就連楊百罌也特地交代珊琳，暫時不須跟她一塊回楊家，好好陪著胡里梨比較重要。

畢竟那一天，胡里梨親眼目睹了胡十炎倒在血泊中的駭人景象。

珊琳沒有見到那一幕，可是只要一假想自己重要的人，百罌、爺爺、九江……倘若也身受重傷，她就會覺得全身發涼，手腳冰冷，完全不敢再深入想下去。

而胡里梨和胡十炎情同父女，那份傷心更是不言而喻。

胡里梨抬起埋在臂彎的小臉，紫晶色大眼睛泛著一圈紅。她望著珊琳好一會兒，然後那顆粉色小腦袋點了點。

即使胡十炎在昨日就已清醒過來一回，確定脫離險境，但胡里梨仍害怕得不得了，惡夢更是如影隨行了好幾天。

胡里梨總會一再夢見重複的畫面。

大片的血色，闔上眼的六尾妖狐，還有那怵目驚心、開在胸口上的血窟窿……

「里梨我，里梨我……一直夢到老大渾身是血……」胡里梨紅著眼，水氣迅速蔓延，轉眼凝成水珠，好似隨時會隨著眼睫的眨動滾落下來，「我也不懂，爲什麼副會長……」

「那不是萬里大哥，那是守鑰，做壞事的是守鑰。」珊琳堅定地說，雙手將胡里梨拉向自己，環抱著對方，希望能給予對方更多安撫，「萬里大哥是好人。」

「可是他們長得一樣……不對，他們本來就是同一個人……啊啊，里梨我自己也搞不懂啦！」胡里梨手摀著臉，傷心地發出接近哭叫的喊聲，「里梨我還沒辦法分得很清楚啊……」

珊琳苦惱地皺著小臉，大概理解胡里梨的感受——胡里梨和安萬里認識那麼久，如今卻被告知對方分裂出一好一壞的兩個個體，怪不得一時難以接受。聽說就算是灰幻，在最初時也是拍桌大罵，才總算承認迷你安萬里——只是卻不曉得要怎樣才能好好開導她。

「里梨，我去叫維安大人過來好不好？他一定有辦法讓妳分得清楚，而且也不會再作惡夢。」珊琳靈光一閃，立刻拉著胡里梨的一隻手臂搖晃幾下，「維安大人雖然是紳士，但是他眞的很厲害啊！」

「珊琳，妳忘記要唸作『變態』了。」胡里梨吸吸鼻子，不忘邊抽噎邊糾正道：「聽說在公會裡，像我們這種年紀的，短時間提到維安的名字三次的話，維安就可能會忽然跑出來……里梨我想到了！這就是副會長曾提過的，公會不可思議之……」

「什麼！狐狸眼的居然在我不知道的時候，把我光明磊落的美少年形象給抹黑了⁉這實在是太過分了啊！」

胡里梨的最後一字都還沒有滑出舌尖，房門猛地就被人自外頭打開了。

在兩雙瞪得又大又圓的稚氣眸子注視下，娃娃臉、大眼睛的鬈髮男孩抱著一疊快抵到下巴位置的雜誌，一臉震驚揉合心痛地出現在門外。

紫色和棕色眸子繼續眨巴眨巴地看著柯維安。

「咳嗯……難不成里梨和珊琳是看我太帥氣了？」柯維安裝模作樣地咳了咳，暗中更加挺起胸膛，連頭上的一綹髮絲都格外挺翹。

「喵，人家覺得比較像是被維安你嚇呆了。」軟軟的小女生聲音冒出。

「戊己？」胡里梨頓時回過神來，好奇地東張西望，卻沒找到那抹小白貓的身影，「戊己你會隱身了？甲乙他們都還不會耶，當弟弟的竟然比哥哥們都還要厲害！」

「才不是弟弟啦喵！」隨著柯維安將雜誌的位置往下挪，從他上衣領口驀地鑽出一顆毛茸茸的白色腦袋。

貓妖兄妹中年紀最小的戊己氣呼呼地瞪圓琥珀色眼睛，「明明是女孩子，胡里梨妳不要每次都將還是獸型的妖怪當成男生喵，都說過好幾百次了！」

「才沒那麼多！」

「喵喵，就是有！」

「嘿，兩位小天使都別吵了。」柯維安連忙阻止，「這樣不就顯示出我是一個罪惡的男人了？」

……戊己和里梨才不是爲了維安大人你才吵架呢。珊琳默默將這句話嚥下，乖巧地跑到柯維安身邊，幫忙分擔他手上的雜誌。

那些書上，清一色都是閃亮亮的帥氣男性作爲封面，顯然柯維安是特地替胡里梨送過來的，希望能讓對方低迷的心情好轉。

嗯，維安大人果然是好人，雖然有點變態。珊琳兀自點點頭，棕色大眼睛仍舊望著柯維安。

「珊琳眞覺得我帥是不是？」柯維安心情愉快地問道。

「嗯……」珊琳性子老實，所以她率直地問出來了，「維安大人眞的是公會的不可思議之一嗎？」

「欸？才沒有……完全沒有那種事！」柯維安義正辭嚴地爲自己辯駁，「我只是碰巧來找里梨，絕對不是在外面偷聽壁角才跑進來的，珊琳妳要信我！」

珊琳決定往旁邊退好幾步。

「喵，維安只是爲了尋找進來的好時機才偷聽壁角的。」戊己掙脫，身子輕巧地跳落在地面上，「沒有騙人喵。」

「呃……戊己，妳這樣好像把我的形象變得更糟糕了……不管了，反正都先放到一邊去。」將剩餘的雜誌擱在櫃子上，柯維安蹲下身，和猶坐在床緣的胡里梨對視，「里梨，我可是帶了妳喜歡的東西過來啦。雖然這次的都沒有堯天，不過有一本很特別唷。」

「特別？」胡里梨困惑地喃喃。

「沒錯，就是——珊琳，妳把妳剛抱著的最下面一本抽出來，那可是我費了點工夫才完工的。」

相較於柯維安的自豪，女孩們則是一頭霧水。

珊琳依言抽出柯維安指定的那本書，這才注意到，那看起來更像是一本剪貼簿。

胡里梨按捺不住好奇，迅速跳下床，湊到珊琳身旁。兩顆小腦袋擠在一塊，認眞地研究著這本剪貼簿究竟藏有什麼玄機。

當珊琳翻開第一頁，小小的驚呼聲響起。隨著翻動更多頁，染上激動色彩的喊聲也控制不住地接連流瀉至房內。

柯維安托著臉，得意洋洋地看著胡里梨有如獲得什麼寶貝般，緊緊地把那本剪貼簿抱在胸前不放，紫晶色眼眸底浮閃著淚光。

「這可是我跑去向小白和小可要來的照片呢。」柯維安笑咪咪地說，「里梨妳很喜歡小可的哥哥嘛，所以我就收集了一些。當然小白和我的照片也要放進去，我們倆也是帥哥呀。室友A的就意思意思……喔，就是曲九江啦，順便也意思意思放個幾張。不錯吧，這本『維安特製帥哥收藏冊』！」

「維安……」胡里梨淚汪汪，強大的感動衝擊著她的內心，她沒想到柯維安竟然特地爲了自己製作這份禮物。

胡里梨怎會看不出來，這一切都是希望能讓她的心情好轉。

「我明白里梨妳一定很感動。沒關係，給我一個臉頰親親，我就心滿——」柯維安猛地斷了聲音，他驚恐地瞪大眼，一張娃娃臉剎那間花容失色地扭曲了。

一顆粉色人形砲彈，正全速往柯維安撲去，速度之快之猛烈，讓他連逃都來不及。

珊琳和戊己有志一同地摀起了眼睛，不忍再看。

「砰」的一聲，然後是慘烈的叫聲。

一連串聲音過後，房裡恢復了寂靜。

珊琳放下手，戊己放下貓爪子。

胡里梨緊抱著柯維安，紫眸裡淚光閃閃，小腦袋還不時往柯維安懷中蹭。

換作是平常時候，柯維安一定會非常享受可愛小蘿莉的投懷送抱，前提是，那個小蘿莉絕對不能是胡里梨——不能是擁有可怕怪力的胡里梨。

只見柯維安臉色發白，有氣無力地癱在地板上，靈魂像是快從嘴巴裡擠出來一樣，只剩手指還有一點餘力，能顫抖地寫下一個「慘」字……

啊，真的好慘……柯維安雙眼失焦地瞪著天花板，他剛剛好像聽見骨頭傳出響亮的聲音呢。

「維安大人，你還好嗎？」珊琳靠過來，語帶擔憂，細聲細氣地問道：「那個……里梨的剪貼簿我也可以跟你要一本嗎？小白大人的照片，百罌一定會喜歡，還有我也很喜歡。」

柯維安閉上眼，只能安慰自己從他眼中流下的是男子漢的汗水。

正當柯維安沉浸在難以言喻的哀愁中，一旁戊己突地動動耳朵，琥珀色眼睛轉向門口。

「喵，外面有聲音。」戊己歪著腦袋，像是在聆聽。

柯維安連忙張開眼睛，使出一個鯉魚打挺就想從地面起身。只不過他忘了先前才遭到強力撞擊，這麼劇烈一動，隨即換來腰桿的悲鳴。

柯維安臉一白，再度倒回地上。

珊琳趕緊拉開仍淚眼汪汪的胡里梨，就在這一瞬間，房裡猝然響起一道尖利聲音。

嘰——

聽起來就像是麥克風受到干擾時發出的噪音。

三名非人女孩反射性瑟縮了下，比起人類，聽力更靈敏的她們比較容易受到影響。

「什麼？」柯維安撐地爬起，留意到不只是胡里梨房裡，就連大敞的房門外都響著這聲音。

「這個，怎麼聽起來像是準備要廣播一樣……」柯維安納悶地咕噥。

宛如印證他的猜想，尖利的噪音過後，一道清脆女聲冷不防響徹了神使公會。

感覺上，就像迴盪在整棟建築物內。

「公會全體人員注意！除了開發部醫療室，以及負責巡守的人之外，現在全部到大廳或是走廊上集合！重複一次，這是強制命令，立刻集合，否則……」狡猾愉悅的笑聲清晰地撞入包括柯維安他們在內的眾人耳中，「三分鐘沒集合完畢，遲到一分鐘，本姑娘可是要……

嘿！等等，灰幻！」

范相思的威脅遭到打斷，取而代之的是一道粗厲暴躁的吼聲霍然砸下。

「沒聽到范相思說的嗎？現在馬上滾出來集合！挪動你們的屁股，邁開你們的腿，做不到的乾脆讓我打斷算了，蠢貨！」

最後鏗鏘有力的兩個字簡直就像雷鳴轟隆作響，在聽者的耳邊久久不散。

「喵，集合？現在？」戊己困惑地說。

「現在……沒錯，就是現在！」柯維安一個激靈，驚慌失措地跳起。

范相思的金錢勒索很可怕，但是灰幻的暴力手段更加令人頭皮發麻。假使兩者相加在一起，這畫面太驚悚，柯維安想都不敢想。

「快快快，里梨、珊琳、戊己，我們得趕緊去集合了，要不然荷包和肉體都會受到傷害的！」娃娃臉男孩心急大叫，一手撈起戊己，另一手拉過珊琳。

珊琳忙不迭再拉住胡里梨。

「等一下，里梨我帶你們過去就好了呀！」胡里梨手臂稍一使勁，輕易就將準備跑至房外的柯維安他們拉回。

旋即黑影在她腳下旋綻，再如水花濺起，一眨眼就將自己和另外兩人一貓包覆住。

吞渦，是具有空間能力的妖怪。

從同棟大樓的高樓層轉瞬間移到一樓大廳，對胡里梨而言，可謂信手拈來的小事。

柯維安只覺眼前一暗，身體突然失了重心般疾速墜落，驚慌失措的慘叫幾乎逼至嘴邊。

但就在下一秒，他感到屁股著地時傳來了一陣疼痛，慘叫被逼得嚥了回去，眼前的黑暗驟然被大片光明取代。

他們來到公會大廳了。

柯維安眨眨眼，隨即飛快爬起，不忘伸手幫忙拉起珊琳。

戊己動作輕巧地踩跳至柯維安肩膀上，再巴住他的腦袋，貓頭抵放在上，把那充當特等席位。

「里梨牌特快車很厲害吧？」胡里梨手扠著腰，沾沾自喜地邀功道。討喜的小臉一掃早先的大半陰霾，顯然心境上已經有了確實的轉變。

「喵，明明是里梨牌……高空彈跳……人家暈了啦喵……」戊己有氣無力地喵叫幾聲。

柯維安摸摸小白貓的背，大眼睛同時滴溜地轉。

放眼望去，到處都是人。

不只大廳塞滿了，包括上方的樓層走道也能看見不同部門的成員們圍擠在那，無數雙眼睛都在東張西望，等待著范相思的出現。

納悶、茫然的交談聲此起彼落。

縱使大夥們克制了音量，但一道道聲音交織在一起，在建築物內頓時形成了一片嗡嗡作響的音浪。

「柯維安、戊己，你們知道怎麼了嗎？」有人住意到柯維安他們，馬上壓低聲音打聽。

「不知道啊。」柯維安和戊己整齊一致地搖頭回答。

「可你們不是情報部的嗎？」

「可是做得到『無所不知』的人，是師父啊！」

「喵，就是！」

「而且召集我們的是范相思，你要想提早知情的話，相信我，送上你的錢包……」

「不不不，我一點都不想提早知道了，完全不想。」

「我只是想告訴你，就算送上錢包，范相思恐怕還是連個字也不會透露給你。那可是那個范相思耶！」柯維安加重語氣的最末一句話，大大地獲得了身邊人的認同。

「那個范相思怎麼了嗎？」有人冷不防問。

「什麼？居然還有人不知道？我告訴你，這話的意思就是表示范相思她……」柯維安霍然卡殼了，他張著嘴，驚恐地瞪著神不知鬼不覺站在他旁邊的短髮少女。

晶亮有神的貓兒眼被隔在鏡片後，削得薄薄的一頭短髮上，染著漸層式的橘色劉海，可以說是最顯目的特徵。

「嗯？」范相思光是發出這充滿笑意的單音，原先還離柯維安很近的公會群眾立刻呼啦啦地退開，頓時淨空出一大片位置，彷彿就怕多逗留一秒，自己的錢包就有不保的危險。

「……表示她眞是貌美如花、人見人愛、花見花開！」柯維安不愧是自喻「能言善道」的人，馬上就面不改色地吐出一大串讚美，「這絕對是我的肺腑之言，還有千萬別跟灰幻提起我稱讚過妳，我不想被他莫名其妙地當作情敵。」

「可以啊，求我。」范相思笑咪咪地用摺扇挑起柯維安的下巴，「用鈔票。」

柯維安的表情終於維持不住地垮下了，還未等他大叫出「救命，有人在調戲良家美少年」，另一道粗嘎嘶啞的吼聲率先石破天驚地迴盪在公會裡。

「范相思，要調戲也只准調戲我！誰讓妳去理那個只喜歡幼女的變態小鬼！」

霎時，所有人都被這聲怒吼轉移了注意力，全部視線「唰」地轉向。

公會大樓的三樓走廊，一身灰衣的特援部部長抓著一支擴音器，臉色說有多難看就有多難看。

被盯視住的柯維安不禁打個寒顫，灰幻那雙奇異的眼睛都快噴出火了。

但是該聲明的事，柯維安覺得還是得說清楚，他毫不猶豫地拉開嗓子吼回去，「我才不是喜歡幼女，我只是熱愛全世界的小天使！」

於是換珊琳和胡里梨默默退離柯維安一步。

趁著眾人還沉浸在灰幻那句訊息量有點大的怒吼中，范相思腳跟一旋，身形一閃晃，再出現時，已來到三樓走廊上。

不僅僅是范相思。

同一時間，現身在那裡的還有驟然冒湧的漆黑火焰和柔軟紅紗。隨著黑焰的消失和紅紗的抽離，警衛部部長和開發部部長也排開在范相思身側。

灰幻、范相思、惠先生、紅綃，除了因事返回天界的張亞紫外，公會五大部門裡，居然四大部長同時出現了。

嗅得出將有重大事情宣布，大廳和另外三邊走廊上的人們都安靜下來，瞬也不瞬地緊盯著三樓不放。

「之前讓甲乙他們發下去的資料看完了沒？敢沒看的話現在就可以滾出去了，省得我還要解釋。」懶得浪費妖力，灰幻繼續手持擴音器說話。就算他現在不是在大吼，但被放大的音量，聽起來就像是沐浴在不耐煩和暴躁中。

沒有一個人移動腳步。

見狀，灰幻低頭，似乎在看自己腳下。

而就在下一剎那，灰幻在看什麼的謎題頓時解開了。

除了事先知情的柯維安等少數人，大部分人一瞧清走廊圍牆上無預警竄跳出來的迷你人影後，莫不震驚得張口結舌。

如果這時能使人的內心話具現出來，想必公會大廳就要充斥著數也數不清的對話框了。內容無一不是「天啊！」、「眞的假的!?」、「我是不是還沒睡醒？原來資料上寫的是眞的！」、「不知道體型縮水了，黑心程度有沒有跟著縮水？」……諸如此類的句子。

站在牆上的，是迷你版的安萬里。

雖說尺寸變小，不過要看清安萬里，對眾妖來說也不是難事。

安萬里一樣戴著細框眼鏡，穿著格紋襯衫，舉手投足盡是優雅氣質。

胡里梨不由自主地揪著衣襬，紫眸睜得大大的。

一隻小手輕輕搭在胡里梨的手背上。

「那是萬里大哥，不是守鑰，里梨不要怕。」珊琳小小聲地說。

「嗯。」胡里梨的手指放鬆了，她也小小聲地和珊琳咬著耳朵，「里梨我不怕了。」

「我相信大家應該都明白，我體型縮水的原因了。」這時，安萬里開始說話。由於擴音器對此刻的他太過笨重，他乾脆在聲音裡注入一點妖力，使得字字句句都能清楚地迴盪在眾人耳邊，「很可惜，我恐怕得維持這模樣相當久的時間。不過要區分我和另一位『我』，倒是簡單多了。」

公會成員們屏氣凝神，腦內同時回想起昨日從情報部收到的那些資料。

「唯一」只要再解開一道封印，就會甦醒過來。

守鑰其實是他們的敵人。

「如果看到那位守鑰，我不介意你們如何攻擊，頂多是別打臉就好，畢竟是和我一模一樣的長相哪。」

「什麼？不能打臉嗎？可是我們最想做的就是……」

「我聽得見唷，警衛部的。」安萬里微微一笑，大廳裡即刻安靜得針落可聞。

唯有惠先生的一陣乾咳最明顯。

「接下來要說的，是希望大家同樣也能記住的事。」安萬里語氣溫和，深處卻透出凌厲，足以令所有人下意識繃緊神經，「十炎還在醫療室養傷，我現在也有諸多不便。因此，從此時開始，由范相思暫代公會會長一職，一切行動皆聽從她的指示執行。」

「特援部。」灰幻言簡意賅地說。

「開發部。」紅綃嬌媚地扯出笑意。

「警衛部。」惠先生推推墨鏡，「都將全力支援。」

「情報部當然也是！」柯維安舉高戊己，讓小白貓代表著揮揮前掌，「順便求多加點薪水！」

「維安。」回答的人是安萬里，他笑得如此溫柔，「夢話還是在夢裡說比較好哪。」

光憑這句話，公會眾人就能肯定他們的副會長就算尺寸縮水，黑心程度可一點也沒有減量啊。

無視柯維安像被霜打過的茄子，有氣無力地蔫了下去，范相思伸手接過灰幻手上的擴音器，一個俐落跳起，纖瘦的身影轉眼穩穩踩在牆垛上。

「好了，就像安萬里說的那樣。從今天起，就由本姑娘充當代理會長。」范相思清脆嘹亮的嗓音充斥公會各處，「柯維安，到時再記得通知宮一刻他們，免得他們回來了，弄不清楚發生什麼事。另外，除了要宣布這個外，還有最重要的一件事要說，這也是身爲代理會長的我，所下達的第一個命令。放心，不會是要你們把提款卡和密碼通通交上來。」

范相思雙腳岔開，貓兒眼瞇起，裡頭閃動著凶悍的光采，擴音器威風凜凜地抓在手上，宛如那是能破開一切障礙的利劍。

「全體人員聽令！」

短髮劍靈露出了猛獰的笑容，目光如刃。

「不論死活——全力追緝守鑰！」

「遵命！」

第五章

繁星市的氣氛在人類察覺不到的情況下，悄悄改變了。

表面看來仍是平靜無波，可底下卻暗潮洶湧，直到來到臨界點，終將轟然爆發開來。

不過在此之前，居住在繁星市的人們不會發現到異樣，頂多只會覺得這座城市似乎常有異常的影子自眼角一刷而過，但轉頭後卻什麼也沒有，猶如眼花造成的錯覺。

於是人們眨眼間便把這事拋到腦後，繼續著自己的生活。

但也有相當少數的一部分人知道，那些影子其實是存在的。

這些人的外表和尋常年輕人沒兩樣，唯一的差異在於他們身上擁有一塊形狀、顏色不同的花紋。

像是字又像是圖騰的紋路捲曲、纏繞，延展出各自的姿態。

只不過花紋並非隨時可見，只有在這些人動用力量時才會閃現。

那是神紋，代表神明賦予力量的花紋。

擁有這種花紋的人是神使，神明在人間的使者。

具備神力和強盛靈力的這些少部分人，自然能看清那些近日在繁星市急遽增加的影子是什麼。

是妖怪。

是神使公會派出的妖怪。

而不管是神使或妖怪，都有著共同的目標，也都遵循著公會的指示行動。

——不論是死是活，全力追緝和安萬里有著相同外表的守鑰！

當日在范相思一聲令下，不只公會全體動員，包括分散在外縣市、隸屬執行部麾下的部分神使們也被調派回來，一併加入追捕行列。

至於藏有「唯一」最後封印的繁星大學，則是暗中加派了更多人手盯梢。

由於大學開學日將近，爲免有學生提早返校，遭到波及，在胡十炎授意下，繁大宿舍貼出了「整修中」的公告，當然也沒忘記把這消息發給所有住宿生，要他們晚點再搬入。

另外，繁星大學四周也設置了特殊結界，確保一般民眾不會貿然闖入。

重重準備下，繁星市可說是設下了天羅地網。

但守鑰就像徹底消失了蹤跡，而受到污染的符廊香也遍尋不著。

不單如此，打從守鑰重創胡十炎、逃離公會那日起，繁星市裡竟不再有任何瘴異出沒。

守鑰、符廊香、瘴異……就像是在這座城市內完全蒸發般。

連日來，繁星市平靜得不可思議。

可是，這並沒有讓公會上下放鬆絲毫警戒。在他們看來，無異是暴風雨前的徵兆。

越是平靜，越等於之後的暴風雨更加驚人猛烈……

柯維安「啪」的一聲闔上筆電，同時與公會另一端暫時結束了通訊，他吐出一口氣，整個人往身後椅背壓去。

還是沒有進一步的消息，他忍不住要懷疑這是不是守鑰和符廊香特意要製造公會的壓力，才躲著不露面。

如果繼續耗著，大夥兒的精神會越來越緊繃……時間一久，對他們只有壞處。

一刻從外邊走進柯維安房間時，正巧看見他精神萎靡的這一幕。連頭上那綹一向頑強的髮絲，也像遭到霜雪打過的小草，有氣無力地垂了下來。

一刻挑挑眉，在敞開的門板上敲了敲，提醒房間主人自己進來了。

「小白……」柯維安蔫蔫地抬起頭，手揮了下，「你不用敲門也可以直接進來的，爲毛要那麼客氣呢？爲了甜心你，不管是廁所門或是浴室門，人家都不會上鎖的。」

「幹！給我鎖上！管他是哪一道門，通通給老子鎖上！」一刻當下黑了臉，「你是忘記這會館還有女孩子在嗎？難不成你想讓她們看見不堪入目的東西嗎？」

「哪有不堪入目？人家明明是花一般的美少年啊，哈尼！」柯維安摀著心口，跳了起來，擺出一臉受到創傷的心痛表情，「我們大一時就已袒裎相見，你忘記我的青春肉體了嗎？」

「青你老木啊！」一刻聽不下去了，柯維安總是有辦法一再挑戰他的忍耐極限。他握緊拳頭，一記爆栗不客氣地送出，落在那顆毛茸茸的腦袋上，「不就是上衣沒穿，最好稱得上袒裎相見啦！照你那麼說，全男宿有四分之一的人都和你袒裎相見過了。」

「咿！不要說出來害我想像，那是視覺暴力！」柯維安痛苦地摀著臉，錯過了一刻扔給他的白眼。

「行了，正經點。」一刻雙手抱胸，不耐煩地說，「你剛是怎麼了？公會那邊有什麼新消息嗎？」

「就是沒有新消息啊……」說到這個，柯維安不禁又哀聲嘆氣起來，「一樣沒發現守鑰他們的行蹤，守在繁大的特援部也沒發現到任何不尋常。但這就是最不尋常的地方了，小白。守鑰的目的是讓『唯一』甦醒，繁大明明就是最後封印的所在地，守鑰和符廊香早該出來了吧？更不用說……」

柯維安的聲音忽地小了下去，有如怕第三人聽見，「……小語也在這裡。」

一刻緊緊皺著眉，自然明白柯維安的意思。

照安萬里所說，秋冬語正是「唯一」遺落的一小部分。如果要讓「唯一」完全復甦，守鑰就不可能放過秋冬語。

即使知道秋冬語是守鑰的目標，應該讓她待在固若金湯的公會，然而范相思他們卻無法這麼做。

立誓要向守鑰報仇的秋冬語，絕不會允許自己無來由地被排除在行動外。而一旦她得知眞正的原因，更不會坐視不管。

那是誰也不想見到的結果。

公會裡沒有人願意見到秋冬語用最激烈的方法來保護他們——毫不猶豫地犧牲自己。

既然不能限制行動，也不能告知眞相，范相思等人最後一致決定，就讓秋冬語繼續跟著一刻他們，一同守在繁星大學。

如此一來，公會也可以集中人手，暗中保護這一票年輕人。

於是按照計畫，一刻、柯維安、蔚可可、秋冬語、楊百罌、曲九江，都待在繁星大學的招待會館裡。

原本應該還有蔚商白，以及蘇染、蘇冉。

只不過這三人就像是事先說好般傳來了訊息，表示等處理完手邊的事，就會即刻趕來與他們會合。

對此，一刻心存納悶，但也沒多問，他對自己的好友們向來深信不疑。

反倒是蔚可可一得知蔚商白會晚到的消息，先是歡天喜地，慶幸自己不用那麼快就面對自家老哥的鐵血制裁，可緊接著又陷入愁雲慘霧中，忐忑著自家老哥會延個幾天才過來，該不會就是在籌備對她的懲罰。

知道蔚可可心境變化的一刻只想大翻白眼，覺得蔚可可這丫頭壓根把她哥當成妖魔鬼怪了。

蔚商白哪有那麼可怕。

「對了，說到小語……」柯維安的聲音驀地將一刻飄遠的思緒拉回，「甜心，小語和小可人呢？」

「在外面。」一刻用下巴朝窗外點了點，「說是坐不住，想到外邊巡視巡視。灰幻有暗中盯著她們倆，用不著太擔心。」

「那就好、那就好……」柯維安鬆口氣地拍拍胸口，「灰幻的脾氣雖然差到嚇死人，但特援部部長的名號絕對不是浪得虛名。小白，我跟你說啊……」

「你能不能不要老是混合一堆亂七八糟的綽號叫我？」一刻對此其實很有意見。他板著臉，凶眉挑高，打算今天一口氣給予糾正，「小白就小白，哈尼、甜心、親愛的，這些通通給老子拿掉，或者像蔚可可那樣連名帶姓叫也可以。」

「唔，那我以後統一叫你『蜜糖』好了。」柯維安眨巴眨巴地瞅著一刻，大眼閃動真誠無辜的光芒，就像濕漉漉的小狗眼神。

「……你還是混合叫吧，隨便你了。」一刻咬牙敗退。先不論嘴上工夫他一向不如柯維安伶牙俐齒，更重要的是柯維安那小狗眼神，靠杯的太犯規了。

「沒有問題，小白親愛的。」柯維安隨即眉開眼笑，暗暗在心裡比出一記勝利手勢。

「對了對了，我要跟你說的是，公會部門你大概都知道它們的功能嘛，特援部可能就比較讓人摸不清楚。說白了，就是特殊救援。凡是任務中遇上困難或是公會遇上什麼問題，這時候，通通找特援部就對了。特援部一出，使命必達唷，先決條件是可能要面對灰幻有如狂風驟雨般的恐怖斥罵。」

似乎是回想起過往經驗，柯維安搓搓雙臂，打了一個哆嗦。

「嗯……」一刻若有所思地說，「我覺得整串聽下來，特援部感覺更像是……」

「專門收爛攤子的。」不屬於一刻的低滑嗓音慢條斯理地接話。

「天啊，小白！你這話絕對不能讓灰幻……嗯，等等？」柯維安慢一拍反應到，站在他身邊的白髮男孩可沒有這副磁性到可以拐騙女孩子的聲音。

柯維安連忙扭頭，撞入眼中的是曲九江冷淡又像總帶著嘲弄的俊美臉孔。

「我靠！」柯維安差點從椅子上蹦跳起來，「室友C你是啥時進來的？沒聽過少男閨房不准隨意亂闖的嗎？」

一刻的白眼都想翻到頭頂上了。剛才在那邊說不管房間門、浴室門、廁所門都願意隨時大敞的傢伙，不知道是誰啊？

「說得好像我願意踏進來一樣。」曲九江冷笑，「誰會想踏進一個內褲亂扔的房間。小白，我勸你還是趕快出來，免得待久了生病。雖說笨蛋不會生病，可凡事總有例外。」

曲九江這一番話，卻是同時得罪兩個人了。

不待柯維安氣急敗壞地反駁「那才不是亂丟，那叫亂中有序地丟」，一刻已皮笑肉不笑地開口了。

「最好這種事你沒幹過。曲九江，需要我提醒你嗎？大一住宿時，你們扔在地上的衣服包括內褲，他×的都是我收的啊！幹恁娘咧！還有誰是笨蛋？差點被當掉的傢伙給我閉嘴，不准再嘰歪個沒完沒了了！」

在一刻氣勢逼人的威壓下，柯維安和曲九江都乖乖閉上嘴巴了，畢竟誰也不想看見盛怒中的宮一刻。

白髮男孩到時候可不會手下留情，鐵拳一聲不響便直接招呼過來。

似乎覺得和這兩人待在一起，自己也會變得幼稚，一刻扔給他們一記眼刀，轉身就想離開，沒想到迎面險些撞上楊百罌。

一刻反應快，及時收住腳步，但臉上的詫異就像在問「怎麼人都往這地方來了？」。

「抱歉。」即使兩人沒撞上，一刻仍先道了歉。

但擁有過人美貌的褐髮女孩彷彿沒聽見，一雙美眸就像出神般直盯著前方。

「楊百罌？」一刻不太明白對方為什麼像是在盯著他的胸膛，可轉眼就把這荒謬的猜想丟到旁邊去，他狐疑地在那張艷麗勝花的臉龐前揮揮手。

「嚇！」楊百罌一震，整個人下意識往後一退，隨後才發現一刻在叫她，「怎、怎麼了，小白？」

「我才要問怎麼了？」一刻困惑地皺起眉，「妳還好嗎？我剛應該是沒撞到妳吧？」

「要是撞到更好……」楊百罌剛一脫口，便猛地咬住句尾。眼見一刻表情未變，顯然沒聽到自己一時說溜嘴的真心話，她故作鎮靜地撩撥一下落在肩前的髮絲，臉蛋迅速藏起情緒，以冷淡又微帶高傲的姿態說，「沒事，並沒有撞到我，我只是過來看你們為何遲遲沒來大廳。」

「大廳？」

「我泡了茶，要曲九江過來叫你們。」楊百罌細眉糾結起來，「他沒說？」

「是你要我閉嘴的，小白。」曲九江聳聳肩膀。

一刻凶惡的眼神馬上刨向那名將過錯推得一乾二淨的褐髮青年。

「喝茶好啊，我最喜歡喝茶了！」柯維安立即岔開話題，動作靈敏地跑到門口，一手夾著筆電，一手推著一刻的背，「小白，我們快點出去吧，不要辜負班代的心意。」

「你哪時那麼愛喝茶了，我怎麼不知道。」一刻邊被推著走，邊側頭和柯維安咬耳朵。

柯維安簡直殷勤得不可思議。

「房間內褲沒收啊，小白。」柯維安以氣聲回答。

一刻瞬間明瞭，方才他站在門口處，算是也擋住楊百罌的視線。

假使讓那名嚴以律己，也嚴以待人的楊家家主目睹房內的凌亂，恐怕那雙眸子的溫度會立刻降到零度以下，從此看會館裡的男性都冷冰冰得像在看某種無法饒恕的骯髒生物。

一刻對自個兒房間的整潔很有自信，但也不想無端受到牽累，從此得面對那樣的眼神。

倘若柯維安知道一刻現在的想法，一定會語重心長地拍拍一刻的肩，告訴對方：小白啊，你完完全全不用操這種無謂的心。對象換成是你，就算房間再怎麼凌亂，班代也一定會臉紅心跳地幫你收拾你的內衣褲的！

大廳長桌上果然已備好一壺花草茶，淡淡的香氣隨著楊百罌倒茶的動作飄散出來。

會選在大廳，一來是正對著出入口，一旦外邊有什麼動靜，眾人可馬上趕出去；二來，蔚可可和秋冬語回來的話，他們也能第一時間發現，及時避開不適合在她們兩人面前談論的話題。

至目前爲止，蔚可可和秋冬語所知道的，僅是安萬里日前在壹間會議室說過的那些。再深入的情報，全公會上下都把它藏得密密實實，絲毫不敢走漏風聲。

柯維安將筆電擱在一邊，雙手交握，身子稍稍往前傾，娃娃臉上滿是嚴肅的神色。

見狀，除了曲九江外，一刻和楊百罌不禁受到氣氛感染，屏氣凝神地等待著對方接下來要說的話。

柯維安愼重開口了，「我覺得……喝茶再搭配點心會更……嗚哇！」

從一刻那方凌空飛起的抱枕，精準無比地砸上柯維安的臉。強勁力道讓他當場往後倒，後腦重重撞在沙發椅背上。

「把你眞正的正事拿出來說。」一刻陰惻惻地瞪著柯維安，指關節折得喀喀作響，「否則你就眞的知死了，柯維安。」

「痛痛痛……人家只是想先緩和一下氣氛。」柯維安按著險些被打歪的鼻子，可憐兮兮地重新坐正身體。只不過一瞄見楊百罌也面若寒霜地望著自己，他咳了咳，舉起雙手，表示接著眞的要說正經事了，以免待會飛來的不是抱枕，而是符咒和火焰。

「哪，小白、班代，有件事我一直覺得很奇怪。」柯維安收起開玩笑的態度，認眞地說，「守鑰和情絲、符廊香的融合體……這樣講太繞口了，還是直接喊符廊香吧。」

柯維安抓起筆電，擱在腿上「啪啪啪」地敲了一頓鍵盤，再將筆電螢幕轉向，使其他人也能看見。

那是一張分布圖。

最中央的圓形是繁星市，旁邊不同形狀的則代表周圍其餘城市。

在那些異於圓形的形狀上，可以瞧見上頭散落著不少紅點。有的分散，有的密集，但都有著共同的標示名稱。

那是瘴，全都是瘴的出沒記錄，裡頭卻沒有任何瘴異。

「你們看，這是從守鑰逃出公會那天起的記錄。瘴仍然照常出現，但瘴異沒有，完全沒接獲發現瘴異的情報。」柯維安說，「就好像……」

「瘴異隨著守鑰和符廊香一起銷聲匿跡了？」一刻將話接了下去，「問題是，瘴異可從來不是什麼安分的存在。」

「沒錯。」柯維安彈下手指，「所以我才覺得奇怪。就算守鑰和瘴異達成合作，就算符廊香體內也有著瘴異和情絲，可是要使全部瘴異都如此聽話、不出面，這怎麼想都不可能吧？更別說瘴異可是最熱愛欲望了，哪邊有欲望，它們就像嗅到香餌的魚般往哪邊鑽。我敢打賭，它們的字典裡絕對不會有『克制』這兩個字。」

就算進化成瘴異，它們的本質仍舊是瘴。

瘴啊，無論希望、願望、渴望，是會將全部的欲望都吞吃殆盡的貪婪存在。

它們絕不會忍耐，也絕不會克制、聽從。

「不……」一刻忽地喃喃說著。

這聲單音頓時引來另外三人的注意。

似乎沒注意到三雙眼睛或是吃驚或是困惑地望著自己，一刻有如自言自語地說，「如果是幾年前，換作是她的話……就有可能讓瘴聽從她的命令。」

「她？誰？」曲九江瞇起眼，緊迫盯人地追問道：「小白，你在說誰？」

一刻像突然被拉回神智，他粗魯地搓搓臉，然後吐出一口氣，聲音聽起來比平常乾澀。

「左柚之前不是曾跟你們提過？楊百罌妳那時不在，記得是去參加什麼……」

「狩妖士會議。」楊百罌回答。一刻一提到左柚，她就想起來是哪次了。

那是剛放暑假的事，一刻他們前往岩蘿鄉參加社遊，楊百罌則因狩妖士會議召開，肩負家主職責無法同行。

不過之後，她也從逐漸熟悉的蔚可可那邊，得知當時發生的事，也知道了左柚的存在。

西山妖狐的副族長，實力強大的四尾妖狐，更是小白的家人。

前世彼此是兄妹，今世則是情同姊弟。

「左柚小姐跟我們提過的……」柯維安腦子轉動飛快，立時抓住了關鍵記憶，「啊！難不成是指三、四年前在潭雅市發生的……」

「就是那個。」一刻繃著臉，以像是不願再提起的語氣說。

「如果是怠墮，就有可能讓瘴聽從命令。她是第一個不須入侵他人，就擁有人形姿態的瘴，就算說她是站在瘴的頂端也不爲過。但最大的問題是……她早被消滅了，我們親眼目睹她在織女的力量下化成灰燼。」

楊百罌看得出來，一刻的三言兩語間其實還藏著許多過往。可是既然對方無意現在一一說明，她也不打算多問，只是暗中遞了眼神給自己的孿生弟弟，要他晚些時候把她所不知道的部分通通說出來。

曲九江看似不情願，但還是不明顯地點了點頭。

「照甜心你這麼說，那個怠墮還比較像瘴的『唯一』呢。」柯維安開著玩笑，希望能驅散一刻身邊的緊繃氣息，「是說甜心，你也是我心目中就算過了保鮮期，仍是如天使般的唯一存在唷。」

「天你媽啦。」一刻果然被轉移注意力，第二顆抱枕朝柯維安砸了過去，「還有你的例子眞是爛透了。總之，除了瘴異的消失這點奇怪之外，還有什麼讓你覺得奇怪的？」

「有喔。」柯維安舉起一隻手，「瘴異的進化，這問題也困擾我很久了。根據那些瘴異透露的，是『唯一』……呃，喊蒼淚好了，不然我老是會想到怠墮。瘴能夠進化成瘴異，是因爲蒼淚的力量。可是第一個被解開的封印，是岩蘿鄉那個。在這之前，瘴異早已出現。最早有記錄的瘴異……」

「是入侵珊琳、冒充我楊家山神的那個。」楊百罌慢慢地說，聲音不自覺滲出冷意。

縱使那名瘴異早已不復存在，但無論是楊百罌或曲九江，都不會忘記對方曾操弄他們楊家多年。

「對，那是我們知道的第一隻瘴異。既然如此……」柯維安無意識地舔舔唇，聲音變得乾巴巴的。他也是這一、兩天才察覺到這個存在許久的盲點。

在猶如空氣凝滯的靜默中，柯維安像怕驚擾到什麼，小心翼翼地再開口：

「它，究竟是怎麼進化的？」

瘴依靠蒼淚的力量進化爲瘴異，但不管是岩蘿鄉、傾絲與情絲的體內，以及繁花地這三處封印，是在瘴異出現後才遭到安萬里解除，這是不容質疑的事實。

一刻他們皆曾親眼目睹。

而如今，只剩繁星大學的封印尚未……眞的是尚未嗎？

宛如冰水兜頭淋下，難以言喻的寒意自腳底衝至現場一票年輕人們的腦門。

現在的安萬里，是更早前就被切割出來的分身。他一直被隱藏在珍藏室裡，直到終有一天被人發現。

而被分割出來的他，既然成爲了完全獨立的個體，也就不可能再得知在他沉睡的這段時間內，尚未徹底污染爲「守鑰」的本體是不是曾做過什麼事。

越是深入思考，柯維安的表情就越是掩不住駭恐。他看見一刻和楊百罌的眼瞳因劇烈的情緒收縮，也瞄見曲九江的臉色趨向難看。

這代表他們都想到相同的事。

安萬里知道封印的位置分散在哪裡，也明確告訴過他們，所謂必須由前一個封印點來尋找下一個封印點，只不過是守鑰編造出來的謊言。

可是，關於三個封印被解開的消息，安萬里則是從他們這裡才知情的。

換句話說，繁星大學的封印，當眞還完好無損嗎？

沒有人知道，就連安萬里也不清楚。

「但學長……學長沒辦法在這感應到什麼嗎？」楊百罌緊捏著手指，極力穩住聲音。

「不行。」一刻搖搖頭，喉嚨無法控制地發乾，「學長說過，他的力量不同以往，無法明確感應到有哪裡不同……該死的，總不可能眞是我們想的吧？那他×的也太……」

「小白，也許我該提醒你那顆有時硬得轉不過來的腦袋。」曲九江陰沉地說，眼眸染成銀星似的凌厲色澤，「在那傢伙的污染開始擴散後，他有足夠長的時間去做他想做的事。就算沒有符廊香那垃圾，情絲一族的人又不是全死光了，他大可以利用一個。」

是的，不一定非符廊香不可。

只要是擁有情絲力量的人……

「紅綃……是情絲一族和其他妖怪的混血……」柯維安喃喃地說，緊接著倒抽一口氣，「我的天啊，在老大受傷前，如果守鑰要紅綃幫忙任何事，她也絕不會懷疑的，更別說她大概連自己的幫忙意謂著什麼也不知道！」

「你說如果，所以有沒有辦法找出肯定的答案？單純的假設並不能給我們帶來幫助。」楊百罌就像是想刨挖到底，嚴厲質問道。

但或許是突來的驚人猜想令柯維安也陷入混亂，素來靈敏的大腦呈現當機狀態。

在楊百罌不自覺地迫人威壓之前，柯維安張闔幾次嘴巴，卻組織不出完整語句。

最終鎮壓住場面的人是一刻。

「夠了，通通冷靜點！」白髮男孩猛地一拍桌，散發出悍然魄力的雙眼盯住自己的同伴，頓時使得柯維安和楊百罌嚥下了任何已來到舌尖的字句。

「與其在這猜測個五四三，倒不如聯絡本人更快。」一刻果決地下達指令，充滿堅定的聲音有種令人不自覺信服的奇異力量。

「柯維安，你那台筆電不是可以直連公會的通訊系統？現在立刻去找紅綃來問，不管是她有沒有來過繁大，或是守鑰是不是曾借助她的力量，都要問清楚。曲九江，你和我去找蔚可可她們回來。就算還未確定真假，這事情也得讓她們知道才行。」

曲九江看似不情願地彈下舌，但仍抓起擱在腿邊的帽子戴上。

「小白，我也和你們一起去。」楊百罌站了起來，美麗的臉龐有著堅持不退讓的神色。

「我一個人在這可以的，甜心。」柯維安埋首筆電中，抽空騰出一隻手揮揮，「會館旁有特援部的人，而且守鑰的目標不是我。」

但是符廊香針對的目標一直是你！一刻不打算說出來，這話太不吉利了。

「有任何事馬上聯絡我，敢逞強被我知道的話，老子事後絕對會揍你一頓。」一刻嚴厲說道。

「哎唷，甜心，這話人家才要還你，不能逞強啊。」柯維安飛快抬起頭，拋了個飛吻。

一刻頓時語塞。若論起以往逞強記錄，自己確實稱得上是有另類的「豐功偉業」了。

既然找不出話來反駁，也不打算否認自己曾做過的事，一刻閉上嘴，扔了記眼色給曲九江和楊百罌，示意他們立即行動。

然而三條人影還未奔出會館大門，剎那間，一陣尖利嘹亮的鳴響便覆蓋整間會館。

不對，不只會館內，還包括會館外。

一刻等人愣住。

這是特援部設置在繁大的警報器，一有重大情況發生，警報就會瞬間大響。

所以，是出了什麼事？

柯維安緊抓著筆電，在一刻眼裡望見和自己相似的緊張。

就在這時候，會館外罩下一大片黑色影子。

曲九江眼一瞇，強盛妖氣的急速迫近令他臂上瞬生緋紅火焰，一頭隨意紮綁的髮絲轉眼間從深色染成狂狷的赤紅。

當陰影本體霍然出現，不只一刻等人一怔，就連迅速從藏身處露面、嚴陣以待敵襲的特援部成員皆流露吃驚。

有如旋風疾降會館外的，赫然是由嶙峋怪石拼組成的雙翼石獸，那是灰幻的坐騎。

幾乎一身灰色系打扮的灰髮少年跳下，也不管上頭還有兩名被他強行拎回的少女尚未下來，他大步疾走，在警報鳴響中，雷厲風行地咆哮出他的命令。

「特援部的第四小隊留下！一、二、三馬上都到紅葉公園那！現在，去！」

「是，遵命！」

雖說全然不曉得事由，但服從灰幻命令已成了特援部成員們的本能。登時只見會館外閃竄出一隊黑影，一晃眼便消失，留下的是尚未逸散的傳話聲。

「一隊通知二、三隊，目的地改爲紅葉公園，完畢！」

「還有你們這票小鬼。」灰幻的奇異眼瞳嚴峻地掃瞪向一刻等人，「包括蔚可可、秋冬語，都給我留在這屋子裡，誰也不准離開，否則就別怪我乾脆折了你們的腿。」

即使灰幻面孔透著青稚，音量也不大，但聽起來就像處於暴怒中的粗厲嗓音，令人完全不懷疑他確實會說到做到。

「發生什麼事了？爲什麼要你的人趕到紅葉公園？」眼尖地留意到曲九江神色陰冷地就要吐出挑釁，一刻搶著開口，銳利的眼眸毫無懼色地迎視上灰幻像燒灼蒼白之炎的眼。

「是守鑰和符廊香……」蔚可可從石獸背上滑下，還沒站直身體，就忍不住急急大叫道：「宮一刻，守鑰他們出現在紅葉公園那了！」

「什麼——」柯維安失聲高喊，再也坐不住地一股腦站起，卻忘了大腿上的筆電。輕而薄的三C產品順勢砸在地面上，換來一聲撕心裂肺的慘號，「甜心啊！」

不久前也被對方冠予「甜心」之名的一刻，一點也不想同情他。

「公會傳來……通知。」秋冬語輕巧落地，過程不發出丁點聲響，彷彿那纖細身軀不具有重量。

任務期間總會做魔法少女打扮的長直髮女孩邊拍拍蔚可可的背，替她順氣，一邊平淡地說，「守鑰、符廊香……突現紅葉公園……那地帶已圍起結界，空中出現桃紅煙氣……」

就算秋冬語面無表情，沒有波動的烏黑眸子宛如玻璃珠，可從她緊握傘柄的指尖處，依然暴露出不若表面平靜的情緒。該是蒼白的指腹和粉色指甲，被鮮紅結晶覆蓋。

自從守鑰逃出公會那一日，凡是情緒激動時，秋冬語手上就會有鮮紅色結晶取代部分皮膚，只不過就連開發部也檢查不出所以然。

「桃紅色!?」乍聞這關鍵幾字，柯維安顧不得要先撿起筆電了，他狠狠吸口冷氣。

那是蒼淚的封印，它該出現在繁大，卻出現在紅葉公園。

也就是說，也就是說……

「那個死上一萬遍也不足惜的守鑰，傳了訊息給公會。」灰幻已跨坐回他的石獸背上，嘶啞的嗓音透出的是無止盡的冰冷和殺意，「他說繁大的封印早被他解開，只是被他小心地移轉到其他地方。他們非常歡迎公會和其他妖怪來見證『唯一』的甦醒……該死的混帳，無論他是怎麼做到的，我都要宰了他！」

灰幻驟然拔高的怒吼幾乎能令膽小者心頭一顫，雙腿哆嗦。

「既然聽明白了，就滾回屋內待著！小鬼們不准插手！」

「什……別開玩笑了，灰幻！」一刻怒氣橫生，要他袖手旁觀根本做不到。

「有……異議。」破天荒地，秋冬語也出聲，她抬頭直視高處的灰幻，「我要去。」

「你們想去紅葉公園？聽清楚了，我只是告知你們事由，至於你們的意見和想法，那種無聊的東西不在我的考量範圍內。」灰幻居高臨下地俯視一票年輕小輩，眼神嚴苛冷酷，「我不是在和你們商量，我是在命令你們。」

「你沒有權力命令我們。」楊百罌往前邁步，艷容布滿寒霜，無懼此刻對他們說話的是名百年大妖，「更沒有權力限制我們的行……」

「廢話少說！」灰幻像是耐心用盡，粗暴地截斷楊百罌未盡的語句，「小鬼就像個小鬼乖乖待著，要不然你們以爲大人的存在是幹什麼用的啊？讓一群毛都沒長齊的小鬼去打前鋒？公會可沒有不負責任到這種地步。我最後再說一次，滾進去，然後記住你們應該做的究竟是什麼！」

落下的大吼猶如響雷轟隆，震懾住一刻等人，同時也讓他們霎時驚憶起一件事。

他們還有另一件任務在身上。

秋冬語。

他們不能讓守鑰有接近秋冬語的機會！

楊百罌抿緊唇，指甲無意識扎進掌心裡。她想守護這座城市，也想守護她的同伴，她的……朋友。

驀地，一隻手搭上楊百罌的肩膀，稍微一施勁，將她往後帶。

「我們知道了。」一刻上前，簡潔地說。年輕的臉孔透著銳氣，像是聲明他們只是暫時退一步，不代表他們就此妥協，「但是，只要紅葉公園的情況不對……」

「哼，到時你們不想來都得來。」灰幻陰沉地撂下話，誰都聽得出他的言下之意。

假使公會眞的無法力挽狂瀾，就算是繁星大學這邊，也將難逃波及。

而那，會是最糟最壞的結果。

甩了嚴苛的眼神給自己下屬，要他們拚死都得護好這群年輕人的安全，灰幻一拍石獸，龐大的石頭坐騎立刻拍動翅膀。

「等……等一下，灰幻！」柯維安霍然回過神，連忙慌張衝出。在特援部部長耐性全無、巴不得淩遲他的恐怖瞪視下，他硬扛著那份壓力，說什麼都要將他們的猜測告訴對方。

「紅葉公園的那個封印，可能眞的是解開的……如果紅綃以前曾借給守鑰力量的話！」

灰幻能當上一部之長，不光是他的力量，他的思路也格外清晰。幾乎瞬間就意會過來柯維安話中的含意。

身爲開發部部長的紅綃是混種妖怪，而其中一部分血脈就屬於四大妖的情絲一族。

要是紅綃確實在不知情的狀況下幫助守鑰……妖狐、香渦、鳴火、情絲，如此一來，守鑰早就集齊了四大妖的力量。

「馬的！」灰幻臉色鐵青，身下坐騎也像感受到他的情緒，似虎的石獸猛一振雙翼，頓如灰色暴風，迅雷不及掩耳地直衝向遠方。

「眞的……不會有問題嗎？」蔚可可嚥嚥口水，下意識緊拉著秋冬語的手。她有時候雖然遲鈍，但有時直覺又驚人準確。

她認識一刻比在場的人都還要久，那名白髮男孩不是那麼輕易會退讓的個性。

因爲宮一刻這個人啊，越是遇到危險越會往前衝。並不是什麼莽撞，而是他不想讓危險有機會傷到自己重要的人事物。

如今「唯一」就要甦醒，即將帶來莫大災禍。可是宮一刻卻聽了灰幻的話，同意留在繁大會館裡，這樣不是很奇怪嗎？

還有灰幻那句「記住你們應該做的事是什麼」，更像是意有所指。

蔚可可想，或許一刻他們自己沒有察覺，可是在那瞬間，有數道視線往她和秋冬語方向看來。

不可能是在看她，是在看小語。

綜合一切，彷彿就像是要想盡辦法留住小語，不讓她擅自離開。

爲什麼？爲什麼？

蔚可可腦子裡各種思緒翻騰，但說不出來，於是她將秋冬語的手臂抱得更緊一些。

「有問題我們就衝過去。」將蔚可可的小動作當成不安，一刻言簡意賅地說。

「可可……不怕。」秋冬語反握住蔚可可的手指。

「我也會保護小語的。」蔚可可小小聲、堅定地說，心中同時拿定了主意。

等晚一點，她就要跑去追問宮一刻，問清楚他們到底是瞞著什麼祕密。

第六章

等待的過程一向是煎熬的。

縱使灰幻離開才過了十幾分鐘，一刻便已覺得度日如年。被動等待並不是他擅長的事，可是他們留下，秋冬語才會不起疑心地跟著留下來。

被特援部成員們強制「請」回屋裡待著後，幾名年輕人全聚集在會館大廳。

柯維安抱著筆電，不知道又在搗鼓什麼，只聽見鍵盤敲動的聲響成串飄出。

楊百罌拿著手機，低聲與人說話。從偶爾流瀉出的「爺爺」兩字來看，可以判斷出另一端是楊家的前任家主，楊青硯。

不一會兒，楊百罌將手機塞給曲九江，對孿生胞弟的不耐神情，她只回予了冷然的眼神，手機更是往前遞出。

曲九江咂下舌，仍是接過手機，不情不願地聽著電話裡老人的叨唸。

「爺爺說他和珊琳會帶著楊家的部分弟子到紅葉公園旁看情況發展。」楊百罌看向一刻，不等對方詢問，直接吐露方才對話的內容，「蒼淚的力量主要是針對妖怪，他們應該不至於受到什麼影響。如果……我楊家的弟子數再多些就好了。」

楊百罌微斂著眼，濃長的眼睫毛遮住底下的美眸，令人看不清其中心思。可是她在說那句話的時候，語氣帶著隱忍，以及不甘。

楊家是狩妖士三大家之一，本該勢力龐大。然而在經過一連串變故，甚至還被偽裝山神的瘴異操弄多年，楊家早已式微，弟子數量更是凋零，就算現在重新振作，仍是遠不及當年盛況。

楊百罌的不甘心並非為了楊家風光不再，而是楊家培育的狩妖士要是能再多一點，如今就能幫上更多的忙，不會只能提供微薄的人力。

「就算人數不多，但經過妳、珊琳和楊老爺子的訓練，也不可能差到哪去，不是嗎？」一刻不明白楊百罌在意的點，只老實說出他的感想，「質本來就該重於量，更何況妳已經夠努力了，楊百罌。」

楊百罌心口一緊，沒想到能再次聽見在山神祭時，那名白髮男孩曾對她說過的話。

這句話當初解救了她，在此刻，則是令她心中的大石霍然一放。

「小白。」面容嬌艷勝花的褐髮女孩抬起頭，手指無意中抓縐了裙面，「等蒼淚的事結束，我有話……想跟你說。」

瞬間，數雙耳朵豎了起來，包括還在應付祖父叨唸的曲九江，也有意無意瞥了過來。

其中尤屬柯維安的眼神最不掩飾，一雙大眼睛閃亮亮的，只差沒有一隻寫著「八」，一隻寫著「卦」。

唔喔喔喔！這是要告白的意思嗎？這是要告白的意思吧？柯維安興奮得有點坐不住，連要輸入筆電的指令都差點打錯。

偏偏身爲當事人的一刻，卻像渾然不覺四周的八卦氣氛，只是納悶地挑高眉，「不能現在直接講嗎？」

「不能！」楊百罌反射性回答，才發覺自己語速過快、態度太不自然。她深吸一口氣，抬頭挺胸，故作若無其事地轉開話題，「先……先不管那個，蘇染他們不久就會到繁大了。」

「蘇染？等等，爲什麼妳會知道？」比起楊百罌稍早的含糊其辭，現在這番話才眞正令一刻大吃一驚，「靠，那兩個居然還沒告訴我！」

「她和她的弟弟……有事到我們家，爺爺派人開車載他們過來。」楊百罌謹愼地觀察一刻的臉部表情，「她沒跟你說這事？」

「有的話我就不會問妳了。」一刻耙耙頭髮，腦袋往後仰。比起在意自己的青梅竹馬這次竟然對他保密行動，他更吃驚的是他都不曉得蘇染和楊百罌的感情已變得那麼好了。

女孩子間的友情果然很神奇啊，就像秋冬語和蔚可可一樣，認識沒多久就黏到像連體嬰了，誰也離不開誰。

一刻暗暗地想，目光不自覺落向另一邊的女子組，卻正好和蔚可可的視線撞個正著。不，從那雙瞬也不瞬盯著人的大眼睛來看，蔚可可顯然是盯著一刻好一陣子了。

一刻挑挑眉，霎時推斷出蔚可可目光的含意，「別想了，妳哥鐵定會過來，最晚再半小時吧。」

一刻決定再補上一句安慰，「妳只要記得把皮繃緊一點就好，這樣想就會好過一些了吧？」

「完全沒有啊！」蔚可可白著俏臉，花容失色地捧著雙頰悲鳴，「老哥是啥時又跟你聯絡？不對，人家盯著你看才不是想知道這個，應該說我什麼也不想知道啦……嗚嗚嗚……」

蔚可可只是想研究一刻什麼時候會落單，這樣她就可以趁機跟上去追問了，誰想得到對方反而猝不及防地扔出一枚震撼彈。

想到再過三十分鐘，就得面對自家老哥那張晚娘臉……不對，是魔王臉，蔚可可不禁一陣哆嗦。

知情不報在他們蔚家可是很嚴重的，尤其她還在外面窩了那麼多天。

就在蔚可可忍不住要淚汪汪地撲向一刻，求他務必幫忙求情時，抱著筆電的柯維安冷不防爆出一聲興奮的大叫。

「成功了！終於讓甲乙他們幫我連線到現場了！」

頓時，所有人的注意都被吸引過去。

「連線到現場？你是要連到什麼地方……」一刻的問句在見到柯維安得意洋洋地將筆電螢幕轉向大夥時，當即嚥了回去。

震驚之情閃過一雙雙眼睛，就連那雙閃動銀星色澤的眼瞳也不例外。

筆電螢幕上，呈現的赫然是某個地方的空拍場景。

那裡林木眾多，綠意盎然，但明顯經過人工栽植。樹木沿著錯縱步道林立，而那些步道的最底端，則是一片佔地廣大的碧綠水池，池面上有座鋼造的美麗紅橋橫跨。

再仔細一看，就會發現這處看起來像是公園的地方，竟呈少見的下凹式設計，宛如低陷的山谷。

繁星市只有一座這麼獨特的公園。

紅葉公園。

畫面鏡頭倏地再拉近，足以讓人看清公園步道上、草地上，甚至水面上，都佇立著不少人。

「啊，是相思！」蔚可可忽然指著螢幕一角，眼尖地找到了短髮劍靈的身影。

范相思的手腳猶包纏著繃帶，可是臉上掛著狡黠又透著凶猛的笑。鏡片後的貓兒眼熾亮，像是蓄勢待發準備捕食的猛禽。在她足下，數道鋒利劍影如銀花盛綻。

范相思的視線凝視更高處的地方。

「甲乙，將鏡頭角度再切一下，快快快！」柯維安急急朝筆電喊。

「了解喵！」稚嫩的男童聲音馬上響起。

筆電螢幕上的畫面隨即又是一變，切割成了三個方位。

一個仍放在范相思身上，一個轉向紅色鋼橋上，兩抹人影正站在弧形高聳的橋梁邊緣。

一刻等人呼吸一滯。

黑髮藍眸，半邊臉頰錯落石片的俊雅男子，細框眼鏡將他的溫文氣質襯托得愈發出眾。除了那雙幽藍到詭譎的不祥眼瞳，那張臉孔和安萬里無一不同。

不，原本就該是相同的。

因爲那才是安萬里的本體。

那是——守鑰。

在成爲污染完全體的守鑰身邊，另一名少女天眞爛漫地笑開。紅茶色長鬈髮絲分綁成兩束，大眼睛看似無邪，可裡頭的色澤如此詭異。一眼猩紅，一眼幽藍，盤踞在那雙異色眼眸中的，則是與天眞笑意截然不同的冷酷與顛狂。

柯維安喉嚨一緊，身子反射性繃住，但強迫自己放鬆下來，他給了擔憂看過來的一刻一記「我沒事」的眼神。

站在守鑰旁的，既是符廊香也是情絲，同時還是瘴異。

而既然對方的外形依然維持符廊香的模樣，一刻他們便繼續以這名字稱呼他們的敵人。

至於最後一個鏡頭方位，拉得更高更遠。

蔚藍天幕中，妖異的桃紅煙氣像荊棘般擴展、纏繞，吐露深青色的枝芽……有四個巨大得不可思議的同心圓逐漸重疊……

乍看下是散發妖冶美感的畫面，但凡是知曉其代表意義的人，只覺得戰慄沿著脊柱爬上，心裡無比悚然。

筆電裡，甚至清楚傳出甲乙喉頭滾動吞嚥的聲音。

「四個封印……」柯維安虛弱地說，「我的天，眞的有四個……」

「喵，好可怕……」怯生生的嗓音是戊己。

這聲驚惶的喵叫聲令柯維安即刻回神，「戊己?甲乙你們怎麼讓戊己也跟著看了?未成年幼貓不可以接觸太血腥暴力的東西，快把她帶出去!」

「不是我帶進來的喵!丙丁，是不是你?」

「才不是，一定是庚辛啦喵!」

「喵喵才不是我，肯定是甲乙!」

三貓極爲相似的聲音混在一起，如果不是話裡挾帶著名字，一時之間實在很難分得出是誰在說話。

緊接著，不同於未變聲童音的成年人聲音響起。

「好呀，讓戊己帶著奴家過來這果然是正確的。你好大的膽子哪，維安。」柔媚似能滴蜜的女聲乍然進入眾人耳內。

「喵啊！紅綃大人⁉」不知道是甲乙、丙丁還是庚辛的驚叫聲爆出。

下一秒，筆電螢幕畫面突遭切換，紅葉公園影像消失，跳出一張妖嬈惑人的精緻臉孔。桃紅的眼和桃紅的髮絲，以及暴露到能看見雙峰深溝陰影的緋紅薄紗。

「我靠！紅綃啊啊啊啊！」柯維安壓根沒料到開發部部長的大特寫會強硬闖入視野內。

就在同一時間，楊百罌幾乎本能站起，腳步一挪，剛好擋在一刻前方。

曲九江扯扯嘴角，將自己的帽子往一刻臉上一拍，再懶洋洋地說，「楊百罌，妳可以坐回去了，小白現在什麼也看不見。」

被視破心思的楊百罌一僵，隨後像什麼事也沒發生般坐回沙發上，但發紅的耳朵尖已出賣她的心情。

「操！曲九江你在搞啥鬼？」莫名其妙被擋住視線的一刻惱火地喊，伸手就想抓下那害他眼前一黑的原凶。

「紅綃妳退遠一點啦，妳這種過熟的肉體我實在是……呃，我剛有說過熟嗎？不不不，肯定是妳聽錯了，我說的分明是美貌又成熟！」察覺到紅綃妖媚的眸子中迸發出冷光，柯維安忙不迭地改口。

雖然聽起來是欲蓋彌彰，但總算紅綃沒有馬上切斷兩邊通訊。

披著白袍的開發部部長往後退了一些，她雙手抱胸，唇邊噙著媚笑，可從她身後三團瑟瑟發抖的毛球來看，就知道那笑容可不若表面友善。

顯然柯維安明白紅綃劈頭說的那句話的含意，他乾笑地刮刮臉頰，表情倒是毫不心虛。

「這不是膽子大不大的問題，我也是情報部的一分子嘛。既然如此，要甲乙他們直接調現場畫面給我們看，完全就是合情合理。」

「呵呵，合情合理個屁。」紅綃就算在諷刺人，神態也是千嬌百媚，「奴家就不相信這三隻小貓沒先告訴你們，相思可不准你們這群小鬼頭偷窺紅葉公園的情況。」

「喵喵喵！我們有說！」

「沒錯的喵，有先跟維安說！」

「然後維安答應給一箱鮪魚罐頭的喵！」

「笨蛋庚辛，誰讓你大嘴巴！」

「喵啊啊！」

三團毛球立即內鬨地滾作一團，也不知道是誰扯到了哪一條線路，毫無預警，筆電螢幕視訊畫面轉成一片黑。

「啊！」

「該死！」

柯維安的慘叫和一刻的咒罵一併響起。

「可惡，只好打給狐狸眼了……那傢伙幫忙范相思坐鎮公會，他大致了解監控室的玩意。」柯維安翻找手機，說什麼也不願見到紅葉公園的即時轉播就此中斷，「大不了下跪求他了。」

「啥？」一刻沒想到柯維安竟然要這般豁出去。

「反正內心下跪就好了，狐狸眼又看不到。」柯維安眨下眼。

一刻給了枚白眼，打算趁這段時間去趟廁所……也許他可以趁機溜到紅葉公園幫忙？

這念頭一冒出，就被一刻快狠準地掐滅了。他沒忘記蘇染他們和蔚商白待會就要到，假使再瞞著他們行動，他就眞的活該找罵了。

「啊，宮一刻！」蔚可可見一刻似乎隻身想去哪，連忙跟著站起，「我也要跟你……」

「跟個蛋！」一刻沒好氣地回頭罵道：「老子要去上廁所，妳沒事跟著幹嘛？」

「嗚呃……」蔚可可摸摸鼻子，饒是她再怎麼粗神經，也沒開放到尾隨男性進入男廁。

她放棄地坐了回去，暗忖著之後再找其他機會，接著卻看見秋冬語無聲無息地起身。

「小語，妳也要去廁所嗎？我跟妳去。」以爲對方也要上廁所，蔚可可沒多想，邁步跟在後頭。

女生總喜歡結伴上廁所這點，在蔚可可身上，即便是上了大學後也沒改變過。

蔚可可隨著秋冬語彎進另一邊廊道，但走著走著，她發覺這不是通往廁所的方向，更像是往會館的後門。

「小語？小語？」蔚可可困惑地喊了幾聲，然而秋冬語彷彿沒注意到，腳步不停。

見狀，蔚可可趕緊一個箭步上前，拉住秋冬語的手臂。

「小語！」

這次，充滿擔憂的喊聲終於進入秋冬語耳中。

「可可……」秋冬語停住步伐，轉過頭，黑潭似的眼眸裡好似閃過一瞬間的訝異，「怎麼了？發生……什麼事？」

「小語，我剛剛喊妳好幾次，妳都沒注意到嗎？」待望見秋冬語搖搖頭，蔚可可感到了緊張和不對勁，「小語，妳要去哪裡？妳忽然就往這走……妳還好嗎？」

「沒有……異樣。」秋冬語說，伸手撫上蔚可可的臉頰，「可可的臉色……比較糟，生病？感冒？」

「不是不是，都沒有，人家健康得很。」蔚可可反握住秋冬語的手，「我是因爲擔心妳。小語，妳為什麼要往這走？妳該不會……呃，要出去？」

「出去，肯定。離開繁大，否定。」秋冬語的回答讓蔚可可頓時鬆口氣，「就是突然，覺得要到外面看看……這是可可說的，直覺嗎？直覺，要遵守。」

「也就是說，連妳自己也不明白原因嗎？那我陪妳一起去。還有答應我，十五分鐘內沒發現什麼的話，我們就要回來這裡。」蔚可可俏臉寫滿嚴肅，大眼睛直直望著秋冬語。

秋冬語沒有點頭，她伸出另一隻手的小指。

「拉勾。」那張像人偶白皙無瑕的臉蛋微綻出小小的笑弧。

「嗯！」蔚可可也露出笑容，小指和秋冬語的勾在一起。

「答應可可……會準時回來，也會……保護好可可。」秋冬語輕聲地、誠懇地說。

蔚可可瞄了一眼眾人聚集的大廳，隱約還能聽見柯維安向安萬里動之以情地討價還價，顯然還沒爭取到觀看紅葉公園實況的權利。

十五分鐘，這麼短的時間應該不會錯過什麼吧？而且很快就回來的話，也不用特地跟宮一刻他們說一聲吧？畢竟才出去十五分鐘而已。

想到這，蔚可可不再猶疑，放輕動作地和秋冬語一塊從後門離開。

這時候的蔚可可全然沒想到，這將會是她人生中做過的、最後悔的決定。

□

「有了、有了，影像又恢復了！」

經過柯維安和安萬里的交涉後，原本變作一片黑的視訊視窗倏地跳了跳，閃過幾道黑白交錯的雜訊，再度重新接連上公會的系統。

紅綃的半身身影再次出現在一刻等人眼前。

「紅綃，快點把畫面切到紅葉公園那邊。副會長可都答應我了，一幫忙回復兩邊的連繫，就會讓我們知道另一端現在的發展。」柯維安心急地催促道。

雖說中間才過了幾分鐘，可是誰知道短短時間裡，守鑰和符廊香又會使出什麼狠毒的手段？

「回復你那台筆電和監控室通訊的，可是奴家哪。照你那麼說，奴家大可以拒絕你們這些小鬼頭的要求。」紅綃塗得艷紅的指甲尖往螢幕中心戳戳。

「啥……啥啊!?」柯維安大驚失色地拉高了音量，「狐狸眼的居然騙我！虧我都割地賠款，答應了那麼多無理的條件，例如蒼井索娜、蒼井索娜……」

「反正都是蒼井索娜。」一刻一掌壓上柯維安毛茸茸的腦袋，也湊近螢幕，「紅綃，不能幫我們忙嗎？學長現在應該也在妳那邊吧？帝君的監控室是最快獲得情報的地方，范相思他們對上守鑰，學長不可能不盯著那邊的情況。」

「你真是聰明得讓人忍不住自豪的學弟呢，小白。」如同印證一刻的話，方才在柯維安手機裡響起的溫和嗓音，現在清晰地透過螢幕傳出來。

紅綃往旁退開，體型縮水許多的公會副會長落足在桌面上。

「可惡的老……！」柯維安的指責瞬間被一刻掌心摀得嚴嚴實實，只剩一雙大眼睛努力表達無聲的控訴。

「抱歉，剛剛不是故意要耍弄你們。」安萬里推推眼鏡，唇角勾起無奈的笑。

「事實上，就在同一時間，紅葉公園設置的自動微型傳像儀有幾架也出了問題。無法確定是因為『唯一』的封印才造成磁場干擾，亦或是守鑰他們動了手。紅綃沒立刻讓你們看，也是暫無影像的緣故。我剛才就是忙於檢查原因……不過，維安的那通電話，倒是起到了稍微放鬆的作用。」

「太邪惡了，你乾脆說是起到娛樂的作用吧！」柯維安拉開一刻的手，一發表完痛心疾首的指控，即刻切回正題，「那現在呢？現在紅葉公園的情況究竟是……」

「還沒打起來。」安萬里簡潔地說，「守鑰的結界攔住了范相思他們，但『唯一』的四個封印也還沒融合完成。目前仍能正常運作的傳像儀傳遞過來的，就只有這些。」

安萬里話聲方落，柯維安筆電螢幕自動跳出數個視窗，有的還布滿雪花雜訊。

妖詭的桃紅煙氣依舊擴散、捲繞，但齒輪鐘的輪廓已逐漸可見。

「等到四座齒輪鐘疊合完畢，就是『唯一』要甦醒了。而現在缺少部分的『唯一』，或許還有機會可以擊倒她。只是我難以理解，守鑰爲何在明知『唯一』有缺陷的情形下，要將她喚醒？如果是我……」安萬里瞳孔驀地收縮，他不敢相信自己到現在才留意到另一端畫面的不尋常。

繁大會館的大廳裡只有四個人，他以爲是角度問題，才沒有看到另外兩抹身影。

但不對，他重新認識熟悉的這些學弟妹裡，有一人就和維安一樣，好奇心旺盛，無法從頭到尾保持安靜。

然而至目前爲止，他不曾聽見蔚可可的說話聲。

「維安，可可學妹和小語人呢？」安萬里溫文的聲音霎時拔得嚴峻，「她們沒有在大廳裡嗎？」

「咦？」這突如其來的質問砸得筆電前的眾人皆是一懵。

柯維安急忙東張西望，視線所及之處全然不見蔚可可和秋冬語的蹤影。

一刻心下更是一涼。他完全沒注意到，上完廁所回來，就沒見到那兩名女孩子。他以爲她們只是像自己一樣，暫時去廁所、廚房或是回房間一趟。

「我聽到蔚可可說要去廁所。」楊百罌回憶起之前的片段，「她和秋冬語一起離開的，女孩子總是有些不方便，會不會她們還在……」

「去找。」安萬里眉眼覆上陰霾，他有種難以言喻的不祥預感。

明明守鑰和符廊香都在紅葉公園，繁星大學內應當安全無虞……

「這種時候就別顧男女有別了，立刻去把她們兩人找出來！」安萬里厲喝中的心焦剎那間感染到一刻等人。

就算是曲九江也明白事情的嚴重性，幾名年輕人馬上奔往不同方向，大聲叫喚秋冬語和蔚可可的名字。

柯維安本來也要加入尋人行列，但是他的目光忽然被筆電上的一格畫面攫住。

負責傳遞那格影像的傳像儀明顯仍受到干擾，所以上頭才會是雪花般的雜訊躍動。可是就在黑白兩色不停閃晃間，突然摻入了其他顏色。

就是那異於黑白的鮮艷色彩，令柯維安頓住了動作。

在柯維安越睜越大的眼眸底，漸漸倒映出詭異的幽藍與猩紅。

等到鏡頭再稍微拉遠些，柯維安才意識到，那是屬於某人的眼睛。

專注在會館情況的安萬里和紅綃，似乎沒發現到監控室的螢幕上有一角起了變化。

直到甲乙他們緊張地喵了聲，安萬里才留意到異常。他迅速回過身，撞見的就是外貌肖似柯維安的紅茶髮色少女，正抓著公會的一個傳像儀，透過鏡頭，衝著能看見她的所有人露出了討喜的大大笑顏。

然而瀰漫在異色雙瞳內的惡意與冷酷，足以教人不寒而慄。

「哈囉，我猜維安哥哥也看得到吧，或者是弱小的、可憐的安萬里先生。」符廊香將傳像儀抓得很近，使得柯維安他們只能瞧見她的臉。

符廊香咯咯笑起，開心得像是極欲與人分享有趣祕密的孩童。

她說，「我呀，很喜歡人偶遊戲，我猜你們也會很喜歡……喜歡得不得了哪！」

甜蜜的呢喃驟然拔成瘋狂歡快的大笑，蛛網般的白痕快速延展在鏡頭畫面上。

下一瞬間，完全的黑暗取代了一切色彩。

隨後就像連鎖反應，巨大螢幕上的一個個方格接二連三地轉成一片漆黑。

所有傳像儀都遭到破壞了。

「混帳，那些可都是奴家塗了金漆，親手描了帝君花紋的特別款啊！」紅綃忍無可忍地拍桌，柳眉倒豎，嬌媚的容顏遍布陰寒，「居然敢這樣對待奴家的開發品，那個殺千刀的死丫頭，開發部可不會吞下這口氣。」

妖艷的開發部部長扯出獰笑，白色長袍立刻隨著她的轉身翻飛出劇烈弧度，有如浪花刷過腳邊。

但有人喊住了她。

那聲叫喚甚至還帶著令紅綃難以理解的驚惶，促使她停住腳步，回頭望向另一邊光屏裡的柯維安。

柯維安臉色白得嚇人，擠出的聲音就像虛弱的呻吟。

「紅綃，拜託妳回答我……妳以前曾借守鑰力量嗎？或是和他一起去過繁星大學？」

「柯維安，你是傻了嗎？奴家怎麼可能會幫那傢伙……」

「不是現在我們知道的那個守鑰……我的天啊，我指的是還沒有分出『守鑰』和『安萬里』，我們最信賴的副會長！」

就像被柯維安激動的反應嚇到，紅綃瞪大桃紅美眸，愣怔好幾秒後，才像回過神般搖搖頭。

「沒有。奴家很肯定，奴家從來沒做過那些事，也沒去過繁星大學。而且奴家的力量太混雜……根本沒辦法像老大或守鑰那樣，把力量分化成純粹的能源體，更不可能外借了。」

每件隨著紅綃吐露出一句話，柯維安就感到自己的心往冰窖裡更墜一分，直到無止盡冰寒充斥他的四肢百骸，宛如要將血液凍結住。

他和小白本來以爲……從守鑰體內的污染因子眞正被觸發，並且到遇上情絲之前的這段時間，守鑰最有可能借了紅綃的力量，暗中先解開位在繁大的封印。畢竟情絲一族的行蹤並不是那麼好追尋，同時這也可以解釋瘴爲什麼在多年前，就能藉由蒼淚的力量進化爲瘴異。

但現在紅綃所說的，不啻全然推翻了這一切。

如果事實不是如此，那麼守鑰到底是如何解開藏在繁大的封印？

既然在遇見情絲之前，守鑰沒有動手……那麼在遇上情絲、繁星大學又因水瀾的駐守而變得難以有動作之後，他到底是怎樣才能……

一個駭人又荒謬的念頭在柯維安腦中猛地迸現，幾乎讓他無法呼吸。

——又或者，繁星大學的封印根本沒有被解開？

柯維安臉上血色頓失，他想否定這念頭，可是符廊香甜蜜惡毒的呢喃像條猝不及防抽來的鞭子，狠毒地抽在他的心頭上。

「我呀，很喜歡人偶遊戲，我猜你們也會很喜歡……喜歡得不得了哪！」

人偶遊戲。

誰是被操縱的人偶？誰又是操縱人偶的那一方？

柯維安霍地摀住嘴巴，一層層剝開的眞相所帶來的恐怖感，擊打得他瞬間湧上了強烈的反胃。

「……聲東擊西。」有人嘶啞地說。

紅綃第一次聽見他們運籌帷幄的副會長，以如此驚慌的語調說話。所以最初她以爲自己聽錯了，差點還忍不住轉頭去尋找現場是否還有其他人。

她沒有這麼做的原因，是她看見了安萬里的臉蒼白得嚇人，額際還滲冒出細密汗珠。

倘若要紅綃形容，她會說那名男人簡直就像正目睹什麼可怖至極的景物。

對於安萬里來說，的確是的。

只不過他目睹的，是守鑰和符廊香的眞正意圖。

「副會長？」

安萬里先是聽見紅綃遲疑的叫喚，他急促地喘了一口氣，然後聽見自己發出有生以來最爲粗暴焦灼的大吼聲。

「把里梨帶去紅葉公園！用最快速度將范相思他們移轉到繁星大學去！剩下的戰鬥人員也立刻跟我全速趕往繁大！所有的一切都是聲東擊西，紅葉公園的只不過是假象，守鑰他們的目標——打從一開始就是小語！」

第七章

隨著繁大會館被其他建築物漸漸遮擋住，秋冬語和蔚可可不知不覺也快來到科技學院的位置。

佔地廣大的校園本該因爲臨近開學日而陸續有學生返回，替這裡注入人聲和喧鬧。但特殊結界的設置，使這所學校冷清得不可思議，宛如被單獨遺棄在無人知曉的角落。

一路走來，蔚可可覺得自己唯一聽見的，似乎只剩自己的呼吸聲、心跳聲，還有鞋面踏上道路的微小聲響。

而領先她半個步伐的秋冬語，走起路來則是一點聲音也沒有。

如果不是自己的手指和對方牢牢抓握住，眞切感受到那份溫度的傳遞，蔚可可幾乎要產生她其實是孤身一人的錯覺。

自從和秋冬語的感情有了極大的躍進，加上一刻也就讀繁星大學，蔚可可變得相當頻繁地跑來這裡。

就連一刻都曾翻著白眼對她說：都要搞不清楚妳到底是西華還是繁大的學生了……有些地方比我還熟是哪招啊？

也因如此，蔚可可才認得出來，秋冬語正往科技學院的方向走。

一個矗立著四棟大樓、同時被繁大學生稱為「科院」的地方。

雖然灰幻留了一隊人馬顧守，不過仔細掩去自身氣息後，要小心避開特援部成員的耳目並不是太困難的事。更不用說身為在校生，秋冬語還知道可以從哪邊的小路抄捷徑到達，不用非得走最外圈、也最顯眼的道路不可。

從招待會館到科院，不須花上太久的時間。腳程快一點，只要七、八分鐘即可到達。

蔚可可自認腳程不算慢，可這時候她卻得加快速度，才有辦法跟得上秋冬語，否則兩人之間就會出現明顯的拉扯力道。

換作平常，秋冬語絕不可能忽視蔚可可的感受。她總會不著痕跡地配合對方的行動，不讓那張俏麗可愛的臉蛋上出現一絲勉強或難受。

但眼下，這名長直髮女孩就像全然沉浸在某種思緒裡，絲毫沒有留意到周遭。腳步不停，全無停滯地一直往特定方向前進，彷彿腦海中早就輸入了目的地；雙眼木然無波，白瓷般的臉龐不見表情波動。

這樣的秋冬語，看起來真有若一尊人偶。

這不對勁，這很奇怪……小語的情況不對！

蔚可可內心困惑逐漸疊加，在到達科院時，更是膨脹成巨大的擔憂。

「小語、小語！」蔚可可猛地停下，雙手大力拉住秋冬語的手臂，向來活潑的嗓音注入一抹焦急。

這聲叫喊終於使得秋冬語夢醒般一震，動作連帶停住。她回過頭，烏黑的眸子納入蔚可可憂慮的面孔之際，晃漾出屬於情緒的波動。

「可可……不舒服？」秋冬語快步走近，白皙的掌心貼上蔚可可的額頭。沒有預想中不尋常的熱度，她頓時感到壓在心頭的重物消失了。

可是蔚可可依舊睜大著眼，表情沒有變得比較輕鬆，這使得秋冬語覺得胸口好像又有石頭沉甸甸地壓上。

「可可，怎麼了？」秋冬語輕聲地問，「不要，不告訴我……」

「我沒有不舒服也沒有怎麼了，真的！」蔚可可大力搖頭，「小語，我們先回會館好不好？雖然現在還不到十分鐘，可是反正也沒發現什麼奇怪的東西，等之後……等那個『唯一』，等蒼淚的事結束後，要走多久都可以。這一次我們就回去吧，科院也可以以後再來。」

「科院……？」乍聞這兩字，秋冬語下意識抬起頭，眸裡微閃訝然，似乎直到這時候才注意到自己身處何方，「是我拉著可可……過來這的？」

「小語，妳沒發現自己往哪邊走嗎？」蔚可可呆了呆，錯愕於秋冬語口中的疑問。

秋冬語表情本就罕有波動，大多時間都像古井無波。但也由於如此，一旦流露情緒，便格外明顯。

蔚可可看得出來，秋冬語是眞的困惑她們倆爲什麼會來到這裡。

「但、但是……」蔚可可不禁結結巴巴地說，腦內一團混亂，「小語妳走得很快，又完全不猶豫，我以爲妳是想來科院看看……那妳剛剛到底是……」

「無法……明白。」秋冬語環視聳立四方、將她們包圍在中央庭園的大樓，漆黑的瞳孔裡倒映出陰影與藍天，「不能理解，自己方才的作爲……腦內好像被空白佔據，醒著，又覺得自己像是睡著……這是可可曾提過的夢遊？我，夢遊了？」

面對認眞徵詢自己意見的秋冬語，蔚可可反射性就要爲那有趣的猜測而憋不住笑。然而笑意剛抵達唇邊，她馬上意會過來，現在可不是笑的時候。

假使連秋冬語都覺得自己的情況不對勁……蔚可可手心冒汗，緊張像條無形繩索纏綁著她的心臟，一絲一毫收緊著。

糟了，套句宮一刻常說的……情況不只是不對勁，而是該死的不對勁了！

蔚可可深吸一口氣，驀地使勁拍上自己雙頰。

「可可！」秋冬語平淡的聲音瞬間染上慌張，聲調不自覺拔高。

「好痛痛痛……不小心拍得太用力……」蔚可可搓揉著發紅的臉，疼痛促使她做出齜牙

咧嘴的表情。可很快地，她包握住秋冬語的雙手，俏臉一掃先前的焦慮不安，換上了毅然，

「小語，我們現在就回去，現在立刻馬上，而且不接受這以外的任何意見！」

或許是蔚可可難得在秋冬語面前展現強勢的一面，導致後者感到驚奇地張大眼睛，戴在頭上的尖頂帽也跟著反射性地點頭晃了晃。

「很好。」趁秋冬語似乎還處於發懵狀態，蔚可可一鼓作氣，果斷地打算拉著對方就要往科技學院外邊跑。

——如果不是有一道歡快天真的少女咯笑聲猛地響起。

嘻嘻、呵呵。

當笑聲從飄渺轉爲具體，在蔚可可震驚混著警戒的瞪視下，聲音主人現身了。

上一秒仍空蕩蕩的位置，這一秒赫然從虛空中綻放出一朵柔軟的夜之花。

乍看下會令人誤認爲花朵的闇黑布料柔軟地伸展，旋即縮絞成一束。再下一刹那，純粹的漆黑被其餘色彩一口氣取代。

外貌肖似柯維安的少女雙腳懸浮於地面上，黑色斗篷包裹住那具纖細的身子，過長的下襬垂落下來，恍若流淌至地面的黑夜。

紅茶色鬈翹髮絲在肩前分綁成兩束，白皙十指交握，有如一束白色鮮花置於唇前。

「哎啊，但是人家有意見怎麼辦？」少女歪著頭，天真爛漫地笑起，「既然秋冬語都回

到她的家了，不如就……」

「連人帶命地留下來，好嗎？」發出這聲有禮詢問的，是另一道溫文爾雅的男聲。

蔚可可心臟幾乎停了一拍。她死命地攢緊秋冬語的手，秋季的溫暖日照下，她只覺得驚人的寒意在心裡瘋狂滋長，冷得讓她止不住戰慄。

在擁有異色雙眸的斗篷少女身邊，平空出現一名黑髮男子。細框眼鏡增添他的知性氣質，噙掛在唇畔的笑意一如蔚可可曾見過的和煦，教人不自覺想要親近他、信賴他。

然而侵佔他眼底的詭譎幽藍，同時令人打從心底感到不寒而慄。

蔚可可摀著嘴，否則她就要發出尖銳的抽氣聲了。

那個和萬里學長有著相同面貌的男人……那是守鑰！

理應在紅葉公園的符廊香和守鑰，爲什麼會忽然出現在這裡？

在繁星大學裡！

相較於蔚可可的腦海充斥混亂和驚惶，一時只能僵立原地，秋冬語見到守鑰露面，瞬間有了動作。

平靜無波的黑眸染上凌厲色彩，就像燃燒至極致的冰冷焰火。

那一日的記憶重新被翻攪出來，鮮明得宛如烙印在視網膜底，避無可避，只能直視。

秋冬語主動鬆開與蔚可可交握的手。

鮮血就像被旋開的水龍頭，怎樣也不停止，汩汩地從那具瘦小身體滲出。

綴著蕾絲滾邊的紫色洋傘平空出現在秋冬語手中。

越來越多的紅擴散在胡十炎身下，安靜地匯聚出怵目驚心的赤色水窪。

包覆在魔法少女華麗服裝下的纖弱身影一蹬地，靴尖離開地面的同時，身形也像離弦之箭，蓄滿勁道地衝刺出去。

一向神采飛揚的小臉被可怕的蒼白佔據，既強大又溫柔的金澄眸子如今覆上一層死氣。

閉攏的蕾絲洋傘猶如出鞘的西洋劍，鎖定了目標便緊咬不放。

但是，有人卻在微笑。

有著純粹幽藍眼眸的黑髮男人滿臉笑意，手上鮮血淋漓，大量血液幾乎將那半隻手臂都染成紅色。

然後那人說：「我信任十炎，也相當喜歡他，將他當成要好的朋友。可是，那和我打算殺了他，是完全不同的兩回事呢。」

劇烈如狂潮的殺意，終於從平靜盡碎的黑眸下噴薄而出。

這一秒，秋冬語眼中只剩守鑰，那個意圖殺害她重要之人……殺害她「父親」的男人。

不行、不允許，不原諒！

「守鑰！」

銳利的洋傘傘尖撕裂空氣，過快的速度帶出一瞬白光，就像一道閃電，疾速猛烈地朝守鑰咽喉處送上刺擊。

從那張俊雅面孔露出的錯愕，和另一邊符廊香發出的吸氣聲來判斷，就可以知道秋冬語從發起突襲到猝然逼近，這一連串動作快得令人難以捕捉，更不用說是及時反應，再做出應對的防禦或閃躲。

照理說，蕾絲洋傘堅硬的傘尖應該可以戳刺進那柔軟的喉頭，在抽出時帶出一蓬血花。

但是，沒有。

秋冬語持握蕾絲洋傘的手臂猛地收緊，不敢置信與失望的情緒雙雙迎撞上她的心頭，宛如那一日重演。

洋傘傘尖再次被阻擋在那名藍眼男子身前。

看不見的障壁攔截住秋冬語的攻擊，反彈回來的力量震得她手臂發麻，蒼白面龐似乎連最後一絲血色都要褪去。

秋冬語瞳孔收縮，彷彿在質疑著爲什麼。

爲什麼這一次，仍舊沒辦法成功地給予那男人致命一擊？

「噢，我想那是我事先做好了防護的緣故。」似乎看穿秋冬語的疑問，守鑰回復笑意，優雅地一彈指。

瞬間，淡白薄光沖刷而過，頓時使得守鑰身邊的透明障壁隨之現形。

接著守鑰豎起食指，傾吐祕密般對著秋冬語說，「小語，妳不多顧著妳的好朋友嗎？那個爲妳帶來許多改變的人……妳看，可可學妹好像陷入危險了。」

可可？可可！這簡單的兩字卻像驟然澆下的一盆冷水，讓秋冬語霎時自洶湧殺意中脫出。她急急扭頭一看，原本的面無表情立刻因撞入眼中的景象而被打破了。

在她全神貫注於擊殺守鑰的時候，符廊香竟然趁隙向蔚可可展開攻擊。

裹著黑斗篷的鬼偶少女咧開殘酷的笑容，手中青色絲線飛舞，多束絞繞，像是靈活狡猾的蛇群，對著那抹閃躲得有些狼狽的嬌俏人影緊追不捨。

蔚可可忍住了險些衝出喉嚨的哇哇哀叫，就怕讓秋冬語在面對守鑰時分心。她緊咬著嘴唇，不敢鬆懈地一再重複同樣的動作。

閃避、拉弓、放箭，再閃避。

碧綠光束時而單一飛竄，時而多箭齊射，有時更是連珠不斷。

凡是脫出長弓的箭矢，幾乎都毫無虛發地貫穿目標，迫使它們攔腰斷裂。

可是，那終究不是眞的活物，而是屬於情絲一族的絲線。除非鳴火火焰，否則不可能徹底將之消滅。

掉落地面的青絲很快再次蠕動起來，看起來更像是昂首吐信的暗色青蛇，一扭動就是朝著蔚可可暴露在外的小腿咬去。

蔚可可從眼角覷見來自地面的偷襲，可是四面八方有更多青絲疾射，擅長遠程攻擊的她根本無暇應付。她俏臉刷白，無聲的悲鳴在心裡炸開。

除了秋冬語外，那兩個人可說是反射性地在腦中浮現。

宮一刻！哥！

說時遲、那時快，熾白和青碧的光束破空而來。前者一舉釘穿了試圖在蔚可可小腿上開出窟窿的殘絲，後者在鄰近蔚可可身前時，乍分兩道。鋒利的劍刃削斷了來自前方的青絲，從劍身迸射出來的冷冽碧光，更遏止了剩餘青絲再進逼。

與此同時，蔚可可後方則是掠來紫色人影，黑眸閃動凜凜鋒芒。

再也不會被人錯認為人偶的長髮女孩飛也似地抬手，彈開的傘面如大花迎綻，周圍蕾絲花邊隨之擴展，頓成最堅固的盾牌，守護住蔚可可的背後。

像是箭雨般射來的青絲盡數撞擊在蕾絲洋傘上，發出了密集的篤篤聲響。

可是，卻沒有依照操縱者所想的，在上面留下成排小洞。

不管是從哪個方向，符廊香的青絲都被阻止了。

「咦？」蔚可可一時像陷入呆然，難以理解自己身邊究竟發生什麼事，她甚至都做好要捱受疼痛的心理準備了。

「可可，沒事？」一個重量忽地往蔚可可背後靠上。

雖然沒有回頭看向後方景象，但那淡然又蘊含關切的熟悉聲音，足以令蔚可可自動勾勒出長直髮女孩手持蕾絲洋傘、堅定守護在自己背後的威凜身影。

「沒、沒事，我沒事……」蔚可可下意識將背向後抵靠，感覺到秋冬語的溫度和心跳透過布料傳來。她結結巴巴地擠出回應，雙眼仍有些發直，緊瞪著前方插拄在地面上的鋒銳武器。

蔚可可瞪得如此用力，宛如不相信映入眼內的影像是真實的。

日光下，如劍長的白針和另一副烙著碧紋的雙劍，正折閃著凌厲的冷光。

下一瞬間，不論是白針或雙劍，都各自散逸成潔白和碧色的光點消逝。

但攔阻青絲的武器一消失，反而令守鑰露出傷腦筋的表情。

「這可真是……」和安萬里擁有相同面龐的男子，就像有點困擾地微笑起來，「要是以你們人類的說法，就是『半路殺出程咬金』，對吧？小白學弟，以及可可學妹的哥哥。」

「你閉嘴！我的學長可從來不是你！」毫不掩飾凶猛戾氣的聲音從一館和二館間的通道上傳來，伴隨出現的還有那抹一頭白髮的男孩身影。

一刻臉色陰狠，全身上下圍繞著一股令人望之生畏的狠勁，就像要隨時掙脫桎梏，全速撲咬向獵物的野獸。

而在一刻後方，還有另一道更為高挑的身影。

不像一刻散發著尖銳的氣勢，高個青年俊秀端正的面容上，籠著一層霜雪般的冷意。鏡片後的眼瞳看似淡漠，可一旦對上眼神，不禁讓人心底泛涼。

「趁人不在時，攻擊別人的妹妹很有趣嗎？」蔚商白淡淡地說，平淡的語氣下，卻是絲毫不客氣的毒辣苛刻，「或者我該這麼說，攻擊兩個落單的女孩子，你們的格調眞是低到讓人擔心。」

「這個嘛，我比較認同『過程不重要，結果才是一切』這句話呢。」守鑰不為所動，猶帶笑意地溫和回應道，「況且……」

「人家覺得很有趣呀。」發出咯咯笑聲的是符廊香。

隨著那兩道人影越漸靠近蔚可可她們，符廊香臉上的笑容就份外甜蜜，宛如見著了心心念念的人。

「維安哥哥的朋友，你難道不覺得有趣嗎？當初在繁花地，你和那個可憐思念體不也是這樣對待我嗎？兩人攻擊我一個呢。」那張討喜臉蛋的笑容多甜蜜，閃動在異色雙眸裡的光芒就有多惡毒。

果然就如符廊香所料，一提到「末藥」，那名白髮男孩就像被戳到痛處，眼神倏然像澆了油的火焰，變得憤怒噬人。

但有人搶在一刻前高聲大喊。

「聽妳在胡說八道！明明是妳故意造成的，是妳傷害了末藥和宿鳥！」蔚可可握緊拳頭，氣急敗壞地瞪著符廊香，「妳傷害了那麼多人……這樣眞的很有趣嗎？」

「哎？」符廊香吃驚地睜大眼，下一秒有如被蔚可可的質問逗樂，抱著腰，樂不可支地大笑起來，「當然有趣啊，不有趣我幹嘛要做這些事嘛！噗哈哈哈，妳的問題會不會也太好笑了，不愧是維安哥哥的朋友，跟他一樣天眞愚蠢，還老是掛著傻呼呼的笑。可是我呀……」

符廊香抬起頭，清脆的嗓音驟然轉成柔媚繾綣，拖得長長的尾音好似還滲出一縷纏綿意味。

「更想看見像妳這麼可愛的孩子，露出因絕望而扭曲的表情呢……」

從那雙異色眼眸裡透出的瘋狂和冷酷，讓蔚可可頓時一顫，剩下的話語全堵在喉頭。

察覺到蔚可可瞬間露出的懼意，秋冬語即刻挪動腳步，像保護者般擋在她的身前，蕾絲洋傘閉攏，傘尖似西洋劍直指前方。

「呵，想保護她嗎？眞可愛呢。我還以爲六尾妖狐養的是個人偶女兒。」符廊香一抬手，地面散落的青絲頓像注入生命的活物，沙沙沙地全蠕動起來，迅速往她身前匯集。

只不過一晃眼，那些青絲便沒入曳地的斗篷下襬內，宛若被吸收進那片黑暗當中。

「對了，我對妳的傘很好奇。」低柔的嗓音又轉為年輕歡快，「居然可以擋得住情絲一族的絲線？哪哪，可以告訴我那是什麼做的嗎？這樣，我就可以改用其他方法，好好地在妳身上戳洞啦。」

「啊，這我倒是可以回答妳。那是紅綃的紗，加上十炎部分毛髮做成的。」對於秋冬語一閃而逝的驚訝，守鑰只是微微一笑，「我當然會知道這事。這很奇怪嗎，小語？難道妳忘了，我畢竟是公會的副會長。」

「否定。」秋冬語以不帶起伏的嗓音回應，「副會長，非你……老大的朋友……」

「自然也不是你這個狗娘養的混帳！」

當這聲暴喝霍地砸下的剎那，危險的白光已鎖定守鑰。

一刻手持長弓，取代箭矢架在弓身上頭的，竟是專屬於他的神使武器。

「什、什麼!?」目睹這一幕的蔚可可失聲大叫，俏臉全是震驚，因為她的碧弓明明就還在她手上。

既然如此，白髮男孩是從哪裡獲得那副長弓的？

而且那弓，竟形如水流……

無視蔚可可的目瞪口呆，一刻毫無猶豫，也沒有任何遲疑。

瞬間，弦放、針射。

挾帶強悍勁道的白針勢如破竹地直逼守鑰，針尖撞上了環立在守鑰周身的白光，然後裂紋則從針尖觸及的位置擴散。

起先只有一、兩條，隨後像是抵抗不了壓力，更多紋路迸綻，像一小片蜘蛛網。

最後，應聲碎裂。

蓄滿悍然神力的白針突破了守鑰用來防禦的障壁，迅雷不及掩耳地從那裂口飛速竄進，然而撞上的卻是一抹殘影。

守鑰消失了。

「幹！」那種用上全力，卻只撞進棉花般的差勁感受，讓一刻忍不住大罵。

光壁的操控者失去蹤跡，剩餘部分也在轉瞬間似光屑剝落。

守鑰溫文的聲音像來自四面八方。

「雖然我對小白你的粗魯用詞不太滿意，但是我想，我們晚點可以再討論。前提是我回來時，小白你們都還活著的話。抱歉，要先暫離一會，畢竟如果讓太多礙事的人過來這裡，未免就太掃興了哪。」

「所以在這期間，由我負責陪你們吧。」符廊香提起黑斗篷的兩角，宛如提起裙襬般彎身行禮。肖似柯維安的清秀臉蛋抬起，一眼愈發幽藍，一眼愈發猩紅。顛狂與無邪交織在一起，混合成令人毛骨悚然的狂氣笑容。

而隨著她屈膝彎身的動作，斗篷下襬像是流動的黑暗滲淌在地面，面積越擴越大，越擴越大……

在四雙眼瞳的警戒注視下，符廊香身後的大片地面竟已被闃黑佔領。遭到染黑的硬實地板卻晃漾出波紋，緊接著多處漸漸隆起，簡直像有什麼東西要從那片黑色下掙脫出來。

「哪，維安哥哥的朋友們，你們喜歡人偶遊戲嗎？」符廊香咧開嘴角，就像巴不得炫耀寶物的天真孩童，無比愉快地宣布，「我猜，你們一定會愛死的呢！」

漆黑猶如爛泥般，自一個個立在少女身後的人形物體上剝落、散墜。

一刻再也忍不住爆出了髒話。

那些人形物體的脖頸以上，頂著一朵盛開的巨大花朵。底下的軀幹、四肢，全由枯枝、落葉、腐花拼湊而成。

蔚可可倒抽一口氣，只有她和一刻知道這是什麼。

這些是宿鳥曾操縱過的花人形。

符廊香的新身體，就是使用宿鳥的部分本體製作而成。

當面對的敵人只有一個，但很棘手，一刻會想罵聲「幹」，然後直接衝上。

而當要面對一群很棘手的敵人時，一刻乾脆吞下咒罵，二話不說便朝離他最近的花人形砸出一拳，再快狠準地提針戳刺進取代頭顱的大花，一路向下劈劃，直到對方被剖成兩半，倒墜地面，「嘩啦」散成一堆殘枝。

解決了鄰近的一個敵人，一刻馬上再將目標鎖定下一個。

當然，花人形不可能排好隊，一個個送上門任人擊打。

只見數道畸異身影包夾向一刻，由銳利樹枝構成的手臂同時自多方刺出。只要閃躲不過，身上立刻就會多出血窟窿。

饒是一刻再怎麼驍勇，也難以一口氣應付重重敵襲。

只不過這名白髮男孩卻只專心於眼前的花人形，彷彿不知背後危機將至。

又或者是，他根本就不擔心背後是否暴露了空隙。

尖銳枯枝還沒來得及真正欺近，轉瞬間，碧光猛地斜切而入，格擋住花人形的手臂。

與此同時，又是另一束碧光飛速閃逝，受到阻擋的枯枝手臂齊齊斷裂，形成整齊切面。

攔截在花人形面前的，是一名嚴謹俊秀的青年。鏡片後雙眼淡然，卻難掩其中鋒芒，如同一柄出鞘的劍刃。

從眼角餘光覷見後方人的身影，一刻沒有訝異，只是頭也不回地說道：「速戰速決，不親自宰了符廊香，老子可不會甘心。」

「加一。」蔚商白同樣沒回頭，烙著碧紋的雙劍被他沉穩握於手中。劍身上閃動的碧色螢光，彷若和他左手背至中指間的深綠花紋呼應。

倘若再仔細一看，就會發現蔚商白神紋的面積，似乎與以往不盡相同。

本該停在手背上的深綠花紋，好比伸展的植物枝蔓，沒入了他今日穿的薄外套袖口內。

俐落地再一劍橫斬下一個花人形的腦袋，任憑花朵連著花萼自脖子上滑墜，蔚商白平淡地再補充一句。

「另外提醒一聲，別衝過頭了，宮一刻。身為朋友，我可不希望你把自己搞得一塌糊塗，這會讓我擔心你是不是沒有學習能力，才會好了傷疤忘了痛。還有，我聽說蘇染他們也快到了。」

「我操！所以繁花地的事我不是道過歉了嗎？你不記著會死啊！」

對於來自後方的怒吼，蔚商白冷峻的面龐出現一瞬笑意，「事實上，的確不會。」

這句話如同一個訊號，最末的尾音還未散盡，背對背的兩條人影便如閃電般，朝不同方向矯捷竄出。

一刻的目標是高坐在路燈上的符廊香。

鬼偶少女噙著愉悅的笑意，像是觀賞好戲般俯視下方她製造出來的混亂。黑斗篷的下襬像流水蔓延，宛如黑瀑般垂懸地面。

在那闃黑得連點光線也無法照入的黑暗中，更多畸異身影冒出。有的是頂著花朵腦袋的花人形，有的是身體殘缺的枯枝野獸。

彷彿源源不絕的敵人，就這樣一波波投入戰鬥中。

符廊香一點也不擔心一刻正鎖定自己奔來，畢竟他要真正地和她面對面，可必須先打敗無數阻攔在前方的阻礙。

他很快就會又陷入苦戰，動彈不得。

而在那之前——

符廊香彎起柔軟的嘴唇，指間無聲無息地平空纏繞出幽青色絲線。倒映在異色雙眸內的，不是自己製造的人偶，也不是白髮男孩或高個青年。

是秋冬語和蔚可可。

「哎啊，是的，在那之前……」符廊香像竊笑般自言自語。她看看秋冬語，再看看蔚可可，很難判斷出她的目光停留在誰身上比較久。

唯一相同的，就是不管看向誰，都同樣殘酷。

第八章

蔚可可冷不防打了一個寒顫，可她並沒有因此分心，長弓上的碧箭一旦射出，瞬時又是新一支箭矢凝成。

然後便是流暢的搭弓、放箭，精準射穿花人形的大腦袋。

一刻和蔚商白那邊受到諸多花人形包圍，蔚可可和秋冬語這方同樣面臨大量敵人圍擊。

蔚可可雖是擅長遠程攻擊的弓手，只要被近身，便容易施展不開，卻也不代表她就沒有應對辦法。

「小語，掩護我！」

「收到……」

回應蔚可可的是一道輕飄飄的嗓音，似乎輕易就會被吹散。

但與這份柔弱截然相反，秋冬語手上的蕾絲洋傘以迅捷的速度，毫不留情地捅刺進一名花人形的肚腹中。

枯枝、落葉霎時被攪散，再隨著凌厲一劃，隨即解體。

在秋冬語飛快的挑刺、揮劈下，立時替蔚可可清出了足夠的空間與距離。

碧箭上弦，瞬間就是連珠射出。

然而就算秋冬語無法第一時間給予援助，在敵人近身的情況下，蔚可可仍有辦法果決地改將長弓和碧箭作為攻擊武器。

長弓搧抽，碧箭刺入。

當蔚可可發現身側驟然倒下一個自己沒留意到的花人形，她鬆了口氣，想也不想就揚起笑臉，打算對及時救助的秋冬語報以感謝。

沒想到望見的人影當場使蔚可可的笑容僵住，驚恐布滿那雙圓滾滾的眸子。

蔚可可的模樣看起來就像下一秒要爆出慘叫了。

「這時候尖叫，妳知道的，可可。」蔚商白微挑眉梢，冷肅的眼神帶給人不怒而威的壓迫感。

蔚可可很想悲鳴「她不知道」，但和蔚商白當了那麼多年兄妹，從那看似平淡的警告中，她當然知道假使自己發出過高的分貝，之後就等著完蛋了。

將滿肚子的「暴君」、「惡魔」、「高壓政策」憋了回去，蔚可可哭喪著臉，可憐兮兮地點點頭，極力遞送著「她會當一名安靜的美少女」的訊息。

只不過這無聲的保證，在瞄見蔚商白左手背上的深綠神紋時破了功。

「哥！你的神紋!?」蔚可可瞠圓眸子，將長弓往肩上一掛，身體比大腦快一步行動，一個箭步就撲向蔚商白，毛躁地將對方左袖扯高。

躍入蔚可可眼中的，赫然是面積遠超過她記憶的大片綠紋。

力量與蔚可可同出一源，皆是來自淨湖守護神所賦予的深綠神紋，如今竟蔓延至手腕的位置。

蔚可可目瞪口呆地瞧著自家兄長。她明明記得前往潭雅市玩的前一天，對方的神紋仍和她差不多……

靈力強弱決定了神紋大小，怎麼才幾天沒見……老哥的靈力就突飛猛進到這種地步？

不對！

蔚可可雖然有時反應慢一拍，腦筋容易轉不過來，但有時也有異常敏銳的一面。她忽地一個激靈，猛然將之前沒放在心上的許多事都串聯起來了。

公會出事時，她把心思都放在陪伴小語上，只先編了理由告訴家人會晚些才回去。

但宮一刻也提過，他還沒將完整的來龍去脈告訴小染、阿冉，只說之後會好好解釋。

而這句話，擺明就是在告訴人，他們這裡出了問題。

既然宮一刻還沒要吐實，小染、阿冉一定會轉向其他人打探，她家老哥絕對也會被列入打探的名單內。

在這一來一往中，老哥要是沒發現她在說謊，太陽都會打從西邊出來了。

可是，他沒有立刻趕來繁星市。

即使從宮一刻那得知事件始末後，也沒有馬上趕來，反倒說家裡有點事要先處理完。

這反常的作風，一點也不像她哥。

要知道，她家老哥在行動力上，向來是過了頭的。

而現在，他來到繁星大學了，但他的神紋卻無故增大範圍。

要說這兩者之間沒關係，蔚可可無論如何也不相信。

「老哥，難難難道你……」蔚可可乾巴巴地擠出聲音，「你這些天是去找理花大人幫忙了？」

「可可，原來妳還不算太笨。」蔚商白冷硬的臉龐上滑過一抹欣慰。

「咦？所以是真的!?你跑去跟理花大人……等等，人家本來就是天才了好不好！誰笨啦！」蔚可可惱羞成怒地嚷，長弓滑至手中就像發洩般，卯盡全力抽打上趁機近身的敵人。

「討厭啦，哥！你快點把事情都告訴我，像是你和宮一刻是怎麼找到這來的？怎麼只有你們？剛剛那把弓是你弄出來借宮一刻的吧？還有小染和阿冉，是不是也是『某些原因』才會拖到今天才過來？因爲，他們明明就是宮一刻安全至上主義者嘛！」

蔚可可一邊連珠砲般傾倒出所有疑問，手上反擊也沒因此停下，與秋冬語合力破出一條能讓他們通行的道路。

「如果妳的聰明能夠用在課業上，我和爸媽都會感到安慰的。」蔚商白罕見地給出了他獨特的誇獎。

他確實沒想到，自己總是少根筋的妹妹，居然有辦法一口氣想那麼深。

而且，推論正確。

「我和宮一刻是誤打誤撞找來這裡的。」蔚商白的話語絲毫不顯紊亂，就算用「井井有條」來形容也不爲過，彷彿只是單純地說明事情，而不是邊說邊劍勢凌厲地擊殺敵人。

「公會傳來通知，紅葉公園的一切不過是場騙局，眞正的守鑰和符廊香的目標是繁星大學。」蔚商白巧妙隱去了秋冬語的名字。他明白自家妹妹的個性，如果讓她知道實情，只會讓她陷入更大的混亂中，倒不如繼續瞞著不說。

「我和宮一刻他們會合，再分頭找人。繁星大學佔地廣大，誰也不曉得妳們可能跑到哪。我和宮一刻分到的，正好是科技學院這方向。至於妳的莽撞，事情結束後，我們必須好好談一談了。」

「咿！」蔚可可哪會不知道所謂的「談一談」，就等於「我們該來算總帳了」。

「而這幾天，我的確是去向理花大人尋求幫助。這次面對的敵人不同以往，我希望能有更強的力量幫忙我們的朋友。理花大人特別借了神力給我，但是人類的身體本就不適合負擔過多神力，所以需要時間調整，並且做些協助措施，好讓我能順利使用，不然妳早該被人好好教訓一頓了。」

「蘇染他們做的和我有些不同，不過目的都一樣。他們就快來了，到時妳自會知道。現在……」

蔚商白猛地反手削斷撲來的枯枝野獸半身，那充滿暗示的威嚴語氣讓蔚可可精神一凜。

「隨時等候你發號施令了，老哥！」

「我和秋冬語幫妳開路，去幫助宮一刻。要把那隻活像骷髏黑色大鳥的獵物射下來，沒有比妳的弓箭更適合的了。明白的話，就跑！」

「遵——命啦！」

令人想到小動物的鬈髮女孩毫不猶豫地放棄攻擊，細瘦卻充滿彈性的雙腿賣力狂奔，在兄長和好友的合力掩護下，如同瞪羚般靈敏穿過敵方的阻擋。

而凡是衝擁過來的花人形或是枯枝野獸，無一不受到蕾絲洋傘和碧色雙劍的強橫反擊。紫影、碧光錯落交織，在戰場上就像綻開絢麗的鋒利之花。

很快地，密集敵群中被破開一道口子。

蔚可可已能遙望一刻被攔阻在路燈前的身影。

那些猙獰怪異的野獸不斷妨礙白髮男孩的前進，尖牙、利爪凶猛地往他身上咬齧撕抓。

「可可，我助妳……一臂之力……」秋冬語飄渺的話聲甫散入空氣，抓在她手中的蕾絲洋傘瞬間由閉攏彈成盛綻。

傘面盡張的洋傘頓如一朵淡紫大花，隨著秋冬語驟然甩射，迅雷不及掩耳地自蒼白五指中脫出，勢如破竹地一路削斬過擋路的花人形。

該是柔軟的蕾絲滾邊宛如銳利刀刃，將那些由枯枝、落葉、腐花組成的詭異人偶齊齊攔腰斬過，留下它們的下半身直挺挺地站立原處。

見狀，蔚可可心領神會，即刻一個躍起，踩過那些僅剩一半身軀的花人形，將它們當作半空中的跳板，飛馳直衝，一口氣縮短了和一刻的大半距離。

一直踞坐在路燈上的符廊香終於有了動作。她直起腰，瞇起眼，黑瀑似的斗篷下襬霍地縮減回原本長度。

科院庭院的敵人不再增加了。

「宮一刻，我來幫你！」蔚可可躍步踩上失去前衝勁道、筆直往下墜的蕾絲洋傘頂端，身形順勢拔高，碧弓搭於雙手間，閃動微光的多支箭矢剎那離弦。

落地前，蔚可可再猛地扭身，第二波利箭旋即放出。

眾多碧綠光箭就像流星，在空中拖曳出閃耀的尾巴，呼嘯而過。

第一波光箭貫穿了一刻身周的敵人。

第二波光箭則直沖上天，再驀地急墜，卻只擦過了符廊香的斗篷邊緣，以奇怪的角度斜插在路燈燈柱的不同位置。

「哎啊，妳這是瞄準哪裡？繁花地的妳還比較有看頭呢。」符廊香輕巧站了起來，冷酷地蔑視下方女孩的自不量力。

喘氣落地的蔚可可仰起頭，向符廊香比出了中指。

「廢話，因爲那丫頭本來就不是瞄準妳啊，符廊香！」

無預警響起的暴喝讓符廊香驟變了臉色。

那聲音太近了，近得簡直像來自她身下。

符廊香猛然意會到什麼般低下頭，撞入那雙異色眼瞳裡的，竟是白髮男孩暴起的身影。

藍天下，對方猶如破柙而出的凶獸，朝他鎖定住的獵物施展出致命的獠牙。

白針針尖折閃出冰冷奪目的光輝。

在符廊香的注意力被蔚可可和失誤的光箭引走的同時，一刻利用死角，飛快抓著錯落在燈柱上的光箭往上翻躍。

等到符廊香明白蔚可可的眞正目的，做好準備的一刻也揮出了蓄滿勁道的猛烈一擊。

異色雙眸震驚大睜，符廊香似乎沒料到自己會再次敗於白髮男孩和鬈髮女孩的聯手。

別開玩笑了，她可是鬼，她可是瘴異……她可是要喚醒他們的「唯一」啊！

纏繞在符廊香指間的青絲猝地飛出，在針尖面前盤結成網，宛如盾牌。

但情絲一族的絲線雖唯有鳴火方能消滅，卻不是無堅不摧。

更何況，這層暗青盾牌只是倉促間做出的，在白針雷霆萬鈞的威力下，根本難以撐擋。頃刻間，青絲盡斷。

然而符廊香要的，就是這短短的頃刻間。

就算不能閃避悍然的一擊，也足以令她挪動身形，讓原本會直沒她心口的白針，稍稍偏移了位置。

就在鋒銳白針貫穿符廊香斗篷下的身軀，一刻腳下也失去支撐，倏然往下方跌墜。燈柱上的光箭卻已逐漸消隱。

「宮一刻！」路燈下的蔚可可白了臉尖叫。

說時遲、那時快，一抹赤艷紅影橫空到來，就像撕裂藍天的鮮明焰火。

與此同時——

「汝等是我兵武，汝等聽從我令。」清冷女聲乍現，「裂光之鞭！」

熾白長鞭迅如靈蛇，就在赤紅長刀釘入燈柱之際，它的末端已緊緊纏捲住刀柄位置，另一端則是繞上一刻的右腳，及時阻止男孩一再下墜。

一刻只覺腳上猛地傳來拉扯勁道，加上自身重量，這一扯，著實令他疼得險些扭曲了臉。

「這是……小染和百罌嗎？」蔚可可無意識地站起，驚魂未定地東張西望。熟悉的紅紋長刀與曾見過的法術招式，令她直覺想到這兩人。

可緊接著，蔚可可察覺到不尋常之處。

那道誦唸符咒的聲音，分明是自己再熟悉不過的。

她的朋友之中，只有一人的聲音清冷如月下流水。

驀地回想起自家兄長不久前曾說的──「蘇染他們和我做的不同，不過目的都一樣。」──蔚可可張口結舌，本來就大的眼睛登時瞪得圓滾滾。

不……不不不會吧！該不會是她想的那回事吧！

老哥是去找理花大人，小染他們該不會是去找……

「妳們倆一定要用這麼粗魯的方式對我嗎？」被倒吊在半空中的一刻翻了白眼，沒好氣地抱怨，「老子快要腦……我操！」

由於姿勢關係，進入一刻視野中的人影呈現上下顛倒，當然這絕對不是讓他脫口爆出如同語助詞粗話的原因。

眞正的原因是……

從科院其中一條通道走出來的，僅僅只有一人。綁著過腰長辮的清麗女孩，不快不慢地自藏身處現身。

雪白臉龐上，右邊臉頰烙印著形如火焰的奇異花紋。既像文字又像圖騰所組成的繁複存在，就是神使身分的最佳證明。

明明是東方人的臉孔，但隱在粗框眼鏡後的一雙眼眸，卻是如天空的淺藍色。

假使不知情的人見了，只會以爲是戴了角膜變色片。

可認識女孩的人就知道，那是混血兒的緣故。

一刻睜大了眼，他只看見蘇染一人，指間還夾著專屬於狩妖士的符紙。

蘇染身後，並沒有楊百罌。

也……也就是說！一刻慢一拍地意識到剛剛那道聲音——

「汝等是我兵武，汝等聽從我令，裂光之鞭！」

是蘇染的！

「妳……蘇染妳……」想通的一刻當下目瞪口呆，不明白自己的青梅竹馬怎突然會使用楊家符術。

就在一刻飽受震驚衝擊之際，纏繞在他腳上的力道驟然一消，白色光鞭消失，插立在燈杜上的赤紋長刀也失去蹤影。

一刻還沒反應過來，整個人已往下掉落，落進某個迅速欺近的懷抱當中。

一刻眨眨眼，感覺到有雙手臂穩穩接住自己。接著，他就看見一雙素來冷靜犀利的藍眼睛，此時正含帶笑意地俯望著他。

一刻瞪了回去。

蘇染看起來還是很愉快。

一刻黑了臉，什麼話也不想說了，他現在這個姿勢擺明就是……

「哇！宮一刻被小染公主抱耶！」蔚可可內心想什麼，嘴巴上通常也會同步嚷出來。她驚奇地看著面前「美人救英雄」的一幕，連忙站了起來，伸手就想往口袋裡掏。

「敢拿手機妳就死定了！」一刻立即惡狠狠地甩出眼刀，只不過震得住蔚可可，卻震不住另一個走過來的人。

「幸好你沒摔在地上，宮一刻，蘇染趕來的時機非常剛好。」蔚商白若無其事地對著被女孩子打橫抱住的朋友拍了張照，再將手機收起。

一刻扭身跳下，不客氣地送給蔚商白一記中指。決定晚點要搶走對方手機，將裡面的照片毀屍滅跡。

沒錯，等眼前更重要的事情處理完之後。

一刻張開手指，如劍長白針瞬現，被他一把抓握住，那雙再次充滿戾氣的眼凌厲轉向另一方向。

科院中因蘇染到來而放鬆的氣氛稍縱即逝，頓時再被緊繃取代。

所有人的目光都投向同一處。

從路燈上跌落的符廊香沒有重重摔墜在硬實的地面，暗青色絲線在半空中盤結成一張大網，接住那具被黑斗篷包裹住的身影。

符廊香靠在青網上，一手摀按右胸外側，暗紅色血液汩汩自指縫間滲溢，進而融入那襲由黑暗凝成的斗篷。

即使驚險避開致命處，可任誰都看得出來，符廊香依舊遭到重創。

「呵……」

符廊香臉上的血色似乎隨著體內血液的外溢逐漸流失，然而那雙異色眼眸底的冷酷和瘋狂未減，嘴角甚至彎起甜美的弧度，咯咯地發笑起來。

「這確實是出乎人家的意料……神使居然跑去跟楊家學了符術哪。楊家家主不會嫉妒妳的神力嗎？她眞的……願意傾囊相授嗎？」

「楊百罌是值得尊敬的狩妖士。」蘇染的藍眼平淡無波地直視，不因符廊香的挑釁受動搖，「至於有沒有傾囊相授，不如妳再親自體驗一次如何？」

「汝等是我兵武，汝等聽從我令。」

霍然切入的，是不屬於在場人所有的沉靜聲音。

「飛鳶！」

什──符廊香一震，但她來不及扭頭尋找聲音來源，迅雷不及掩耳間，數道疾影便從背後襲來。

有的俐落切斷青絲，有的則──

噗噗幾聲，符廊香手腳和身軀猛地被鑿出多個窟窿，鮮血隨著那些由她體內飛竄出的物體四濺。

驚愕中夾雜著痛苦的喊聲，無法控制地從符廊香口中衝出。

無預警的一幕，連一刻等人也愣住。

除了蘇染。

黑髮藍眼的長辮女孩飛也似地擲出轉瞬成形的長刀。通體透黑，烙著鮮明紅紋的刀身眨眼間將那張暗青大網一舉割裂，讓棲於上頭的人影摔墜下來，在地面砸出沉重音響。

「楊家教得很好，可惜我學得不夠精，不然其中一擊該是妳的眼睛。」

說話的人是外貌和蘇染極爲相似的黑髮男孩。色素淺淡的藍眼睛就像浸著凍人心扉的浮冰，落在符廊香身上的視線不帶溫度。他的左臉同樣爬有火焰般的大片紅紋，替原本就精緻俊美的五官增添一抹煞氣。

蘇冉一步步走來，摘下習慣戴著的耳機。他越漸接近，掌中同時平空浮現一把刀身黝黑的赤紋長刀。

當蘇冉站定在一刻的另一側，與他安靜沉寂的氣質相反，長刀刀尖冷厲地直指符廊香。

「阿……阿冉!?」蔚可可瞪圓了眼，總算明白向來形影不離的蘇家雙子為何一開始只出現一人，「所以你先按兵不動?」

蘇冉不吭聲地點點頭，等於解答了其他人的疑問。

「靠夭啊，你們兩個也實在是……」一刻抹抹臉，這回眞的被自家青梅竹馬徹底瞞在鼓裡。

「之前發生的事，一刻你也沒說。」

「你也沒說之前發生的事，一刻。」

蘇染和蘇冉一開口就堵得一刻啞口無言，尤其那兩雙藍眼睛不約而同地都還帶著幾分委屈的神色，恍如無聲的指控。

一刻瞬間就能解讀出姊弟倆眼神的含意。

新引路人的事，沒說。

繁花地之行的事，沒說。

公會的事，後來才說。

如果眼神能化為具體，一刻覺得自己的膝蓋估計都插滿箭了。他靠杯的還不能反駁，因爲他的確沒有及時告訴他們……

「回去再隨便你們倆開條件，總行了吧？」一刻咬著牙，飛快地說。

「行！」蘇染、蘇冉滑過笑意，異口同聲地回答。

媽啦，果然就是拿他們沒轍……一刻在心裡咕噥，腦中對於現況的分析也沒停下。

雖說不曉得蘇染他們跑去楊家學了符術——怪不得楊百罌會露出欲言又止的表情——也不曉得他們針對符廊香暗中做了準備，不過他們會在這個時間點出現，一刻是事先知情的。

他知道蘇染他們會從繫大校門進入，剛好與范相思等人錯開爲兩路。也就是說，守鑰想必是到另一端去了，爲了阻止將從信四坑隧道那邊入校的公會人馬。同時，恐怕也將柯維安他們一併攔阻下來了，否則現在就不會只有蘇染兩人趕到。

「咳，維安哥哥的朋友……我來猜猜你在想什麼吧？咳……嘻嘻……」斷斷續續的嗆咳笑聲中，符廊香吃力地撐起身子，模樣可怖又淒慘。

除了右胸有個窟窿外，身體還有著數個更小的血窟窿。比普通人類更暗沉的紅血，隨著她的動作滴滴答答地不停流墜，在石板地上形成大小不一的暗紅印子。

符廊香身前不遠處，還能瞧見幾隻符紙摺成的飛鳥散落。該是潔白的紙張，卻被滿滿血污覆蓋，由此可見，穿透符廊香血肉的力道有多狠戾殘忍。

彷彿無視宛如烈火焚燒的劇痛，符廊香從斗篷下抬起白皙手臂，手指尖摀著嘴，但遮擋不住從嘴唇內流瀉出的聲音。

「哎啊……你在想，守鑰是不是擱下了包括維安哥哥在內的其他人？」天真無邪的少女嗓音，「我可以告訴你，是的哪……呵呵，你覺得你們應該能贏，因爲……」

低沉柔媚的女性聲音，「我快死了，廊香快死了。」

「我快死了，情絲大人快死了。」

不同的聲音冷不防混雜在一起，先是符廊香，然後是情絲，緊接著再也分不出究竟是誰在說話。

「怎麼可能呢？我們不會死……我們都是部分，我們……都將成爲我等『唯一』的部分啊！」

鬼偶少女的臉龐盡顯得意與瘋狂。

「現在，回答我的問題——沒有鳴火，你們怎麼會以爲情絲一族的絲線毀滅得了！」

符廊香眼中異光大熾，一頭紅茶色髮絲霎時長度暴增，色澤染成不祥的暗青。大量青絲擰絞成一束，有如最鋒利逼人的長槍，速度飛快地穿過空隙。

卻不是鎖定最近的一刻、蘇染、蘇冉。

也不是蔚商白。

更不是秋冬語。

居然是，蔚可可！

像是小動物惹人憐愛的鬈髮女孩根本還沒回過神，青絲便已烙進她的視網膜底，眼看就要貫穿她毫無防備的軀體，在上面留下怵目的血洞。

「可可！」

「蔚可可！」

駭然的叫喊連成一片，難以分辨出自誰之口。

蔚商白瞳孔瞬縮，當他目睹符廊香的目標竟是自己妹妹，身體已本能行動了。素來聰穎冷靜的大腦如今只被空白佔據，唯一知道的只有一件事。

阻止符廊香，誰都不准傷害他的家人！

蔚商白速度快得嚇人，但有人比他更快。

會失去最好朋友的恐懼讓秋冬語忘了一切，她沒有餘力思考，只知道有個辦法可以最快保護好蔚可可。

於是秋冬語想也不想便那麼做了。

她捨棄蕾絲洋傘，那不夠快；她沒有設法削斷逼來的青絲，那不夠快。

蔚可可只見到一條影子猛然擋在她前方，一雙纖細手臂以驚人力道緊緊摟住她，將她的頭往下按壓，不讓她任何部位暴露在陰影之外。

蔚可可就像是被人當面狠狠一擊，心臟強力緊縮，驚駭到歇斯底里的尖叫衝出喉嚨。

「小語！不要——」

滾燙淚水湧出眼眶，蔚可可想要奮力掙扎，想要扯開用自身充當盾牌的朋友，但那雙手臂卻如同鐵鑄般，無法撼動分毫。

「可可不怕。」秋冬語輕飄飄的聲音落在蔚可可耳邊，「不會……有事。」

「不要、不要！我不要我沒事——我要妳沒事啊！」蔚可可哭喊，淚水不停爬下臉龐。

然後她聽見秋冬語說：

「我也會……沒事……」

幾乎同一時間，蔚可可感覺到緊扣後腦的力道一鬆，她抬起淚水斑斑的臉，發紅的眼茫然地盯住那張白瓷無瑕、朝她展露笑意的面龐。

秋冬語臉上沒有流露絲毫痛苦神色，就好像什麼事也沒有發生。

不對，還是有不同尋常的變化在秋冬語身上發生。

從那件領口綴滿繁複縐褶的華麗服裝底下，竟悄然無聲地攀爬上剔透的鮮紅結晶。

微帶稜角的結晶取代了蒼白柔軟的皮膚，漫過胸前，來到光裸的肩頭。

蔚可可的淚水不自覺停住，她下意識往秋冬語背後摸去，從腰、背一路觸摸。即使有布料隔著，還是能感覺出底下被堅硬的晶體覆蓋，摸起來有些磕手。

蔚可可收回手，手掌心上沒沾染到半分血漬，依然乾淨潔白。

傻愣愣地瞪了好幾秒，那雙圓滾滾的大眼睛隨即欣喜若狂地望向秋冬語。

「妳沒有……小語，妳沒有……」蔚可可淚水又掉了下來，激動得連話都說不完整。

「秋冬語沒事。」有人幫忙把她的話說出來了，「妳再哭，眼睛就要腫成核桃了。」

「吼，宮一刻！就算腫成核桃，也不會改變人家是美少女的事實啦！」蔚可可破涕爲笑地朝一刻吐吐舌，下一秒，二話不說地張手用力抱住秋冬語，也不管堅硬的結晶會不會磕得自己發疼。

秋冬語卻是捨不得，連忙讓結晶依自己的意志褪下、隱沒。

一刻對蔚可可的自戀翻了下白眼，也只有他才知道，自己的掌心因剛才驚險至極的一幕，被冷汗浸出一片濕意。

但，總算平安無事。

一刻和蔚商白交換了記眼神，兩個大男人眞的要被嚇出一身冷汗了。

蔚商白持握雙劍的手腕放鬆，暗暗吐出一口氣。先是瞥了一眼被他斬斷的大把青絲，再掃向此刻被兩把長刀一左一右架在脖子前的符廊香。

大概就連符廊香也料想不到，她的青絲居然會被秋冬語的結晶阻隔下來。

鮮紅色結晶不但阻止了青絲的入侵，也替蔚商白爭取到時間，冷光一閃，登時削斷幽青色髮絲。

只是等到蔚商白的目光對上符廊香的臉，他眉頭皺起，怪異感卻橫亙心頭。

那名重傷、隨時可能被砍下腦袋的鬼偶少女，在笑。

就算胸口傷勢開始往四周擴大，逐一吞噬她的軀體，符廊香仍噙著笑容，眸底閃動瘋狂懾人的光。

蔚商白挪動一步，擋在符廊香與另外兩名女孩之間。

「這可真是……有點令人懷念……」符廊香像沒瞧見蔚商白的動作，喃喃地說，尾音拖得綿長。

那是符廊香的聲音，情絲的語氣。

「有著綠色神紋的神使，有著紅色神紋的神使……這下子，讓人忍不住想起那一夜哪……可愛的小紫藤花本該什麼也想不起來的，可惜被你，被你宮一刻壞了我的好事……」

一刻自然知曉對方說的是哪一夜。他手指無意識收緊，眉宇間堆上了陰霾。

那一夜，可說是一個終點，也是一個起點。

受到情絲操弄，還被瘴異寄附的水瀾尋回自我，擺脫了一切桎梏；可同時，也是一刻等人初次與情絲接觸。

殘存在水瀾體內的情絲力量冉冉浮現在他們面前，要他們前來尋找她……！

一刻思緒忽地凝滯，原先從未被他注意的記憶碎片，如今又快又猛地扎了過來，扎得他體內瞬間爆發出一股可怕寒意。

紅葉公園的假象是爲了聲東擊西，讓公會的主力調離繁星大學沒錯。

但位於繁大的最後一個封印……眞的沒解開嗎？

紅綃的力量太雜，無法被守鑰所用。

但是，對付被瘴異入侵的水瀾那一夜，不管是以何種方式，屬於情絲一族的力量確實在繁大流竄了……可如果眞是如此，那最早出現在楊家的瘴異，又該如何解釋？

驚懔和混亂在一刻腦海橫衝直撞，使得他臉上的表情呈現出一絲扭曲。

「宮一刻？」

「一刻？」

蔚商白和蘇染、蘇冉自是留意到好友的異樣。

「哎啊……嘻嘻，呵……」而面對著一刻的符廊香不僅注意到，甚至一眼就窺破他的心思。她毫不在意地向前微傾，任憑鋒利刀刃在自己頸側留下血痕，旋即傷口周遭又像受到烈焰焚燒般出現焦黑，她勾起爛漫和狂氣交織的微笑。

「你好像發現到了，這可眞令人開心，不然就太無聊啦……瘴異是因爲『唯一』的力量進化沒錯，不過和這些封印可沒關聯。這是最後要獻給你的驚喜唷，宮一刻，維安哥哥的朋友，以及——織女的孩子。」

彷彿沒見到數名神使震愕的神情，符廊香笑得愈發開心。

「在那之前，先告訴你們另一件一樣有趣的事吧。身爲『部分』，秋冬語的身體存在著防護機制，能保護她不受外界傷害。不須等她意識到危險，身體自然而然就會展開保護。」

一刻等人想到了秋冬語身上奇異的鮮紅結晶。

符廊香的敘述還在繼續，她的聲音又輕又細，像是呢喃著一個只讓一刻、蔚商白、蘇家姊弟聽得見的故事。

只不過這故事，飽含無止盡的惡意。

「除非呀……除非那個被養得像是人類一樣，擁有感情的『部分』，爲了某人主動解除她的防護——我不是要你們回答我的問題了嗎？」

沐浴在自己鮮血中的鬼偶少女咧開浸滿瘋狂的笑容，她的高笑有如咆哮。

「沒有鳴火，你們怎麼會以爲情絲一族的絲線消滅得了！」

那截被蔚商白削斷的青絲！

一刻煞白了臉，恐懼緊掐他的心臟，駭然大吼第一時間隨著他扭頭的動作衝出喉嚨。

「秋冬語！小心！」

但這一次，來不及了。

蔚可可聽見一刻的驚吼，感覺到自己猛然被秋冬語推出懷抱，過大的力道讓她一時重心不穩，頓地踉蹌跌坐在地。

蔚可可茫然地仰高頭，從她的角度只見穿著華麗短洋裝的長直髮少女仍維持著原本的站姿，注視她的黑眸像是無波的潭水，雖然寂然，卻又透著一份溫柔。

「什麼……」蔚可可怔怔地開口，她最要好的朋友看起來沒有絲毫異樣，可她覺得自己聽見一種可怕的聲音。

很細，很輕，像液體落地。

滴滴答答的。

蔚可可很快找到聲音來源，她瞪大眼，俏麗的臉蛋被驚駭扭曲。

蔚可可反射性緊摀住嘴，否則她大概會停不下歇斯底里的尖叫或是吐了。她感到眼眶傳來強烈灼熱感，滾燙的淚水無法控制地溢湧而出。

這一定是作夢，這一定是場惡夢，要不然……她怎麼可能會看見小語的腳下，正以嚇人速度匯聚出一灘紅色水窪？

深色液體染紅了秋冬語的裙襬、條紋襪，再流淌到石板地上。

「可可……沒事？」秋冬語似乎毫無所覺，除了臉色白得像覆上死氣。在看見蔚可可猛力搖頭後，她露出了小小的笑弧，「太好了……」

無數鋒銳青絲慢慢從秋冬語胸口下穿透出來，更大量的血污浸染了綴著繁複縐褶的上衣正面。

滲湧速度之快，就像有朵妖異的血色之花迅速在秋冬語胸前盛綻。

藍天之下，外貌有若人偶般精緻的長直髮少女被青絲貫穿了身軀。縱橫交錯的絲線將她固定在原地，乍看下，簡直像是美麗得可怖的蝴蝶標本。

「拉勾了，有保護好……可可。」

那是秋冬語說的最後一句話，像是月光的溫柔還凝在她的眼眸底。

然而就在蔚可可淚流滿面，跌跌撞撞地爬起衝向秋冬語的那一瞬間——

青絲前端驀地全數往中間收攏，有如含苞待放的幽青花朵。

然後，猝然一口氣往後抽離，硬生生在那具軀體上刨挖出一個窟窿。

失去青絲支撐的秋冬語往前倒下，卻在即將觸及蔚可可反射性伸出的雙臂之際，身子乍然崩散成難以數計的鮮紅結晶碎片。

碎片眨眼又化爲剔透的塵末，飄散在蔚可可眼前。

蔚可可什麼也沒有抓到。

總是表情豐富、情感充沛的鬈髮女孩，這瞬間，就像被抽走所有心神，臉上一片空白。

她低頭看著自己空無一物的掌心，緊接著眼一閉，腿一軟。

如果不是衝來的蔚商白動作夠快，當場昏過去的蔚可可就要重重摔在地上。

而這——

同時也是終於成功趕至科院的柯維安等人，第一眼所見的景象。

第九章

柯維安覺得自己肯定是在作夢，而且還是一場糟糕透頂的惡夢。

明明事情就還帶著幾分轉機……

得知紅葉公園的一切布置，只不過是守鑰和符廊香爲了聲東擊西所製造出來的人偶及幻象，他們立刻分頭尋找私下外出的蔚可可和秋冬語。

雖然他和曲九江、楊百罌這一方沒有發現兩名女孩，卻碰巧與公會派來的大部隊會合。

即使安萬里體內已沒有蒼淚的污染因子，但他畢竟仍是守鑰一族，能夠感知到身爲蒼淚「部分」的秋冬語的下落。

就在科院方向！

即使途中受到守鑰結界的阻擋，可在眾人合力下，尤其他們這邊還有灰幻和范相思這兩大部長，結界最多只拖住他們十幾二十分，便承受不住力量地應聲盡碎。

眞的，明明事情就還帶著幾分轉機的啊……

所以，爲什麼會演變成這樣？

頂著凌亂鬈髮的娃娃臉男孩滿臉慘白，雙腿控制不住地往下跌跪，不敢相信映入眼中的絕望場景會是現實。

長直髮少女轉眼化成結晶碎片，再散作塵末的畫面，如火焰般凶猛地灼疼了柯維安的雙眼，淚水瞬間奪眶而出。

「不可能……」

柯維安起初以為這沙啞的聲音是出自自己口中，可他隨即注意到，那是楊百罌的聲音。素來以冷傲自恃的楊家家主似乎沒意識到自己的聲音，她蒼白著臉，眼角泛紅。

「這怎麼可能……」緊接著呢喃出聲的人是范相思。

這名短髮劍靈身上散發的氣定神閒全被狠狠擊碎，鏡片後的貓兒眼驚慌失措地茫然望著前方。

偌大科院中庭，沐浴在自己鮮血中，身子還有著多個窟窿的符廊香，看起來虛弱又淒慘，任何人都看得出她命在旦夕了。

可是，在那張稚氣甜美的臉蛋上，毫不掩飾地洋溢著瘋狂的笑容。

那雙詭譎的異色眼瞳就像不察其他人的到來，正瞬也不瞬地盯視著前方的年輕神使們。

蔚商白抱著失去意識的蔚可可，一刻、蘇染、蘇冉圍聚在一旁。

在范相思眼中，那群還那麼年輕、幼小的孩子們，如今像要被難以承受的痛苦擊倒了。

范相思甚至沒留意到自己的指尖在顫抖，摺扇從她手中砸落，目光最後停在符廊香與一刻等人之間的青色絲線上。

幽青色絲線絞纏成一大束，末端往內捲曲，宛如花苞。乍看下，就像一朵含苞待放的不祥青花，靜佇在半空中。絕望蔓延，幾乎奪走所有人的聲音。

而打破這片死寂的，是無預警出現的和煦男聲。

「不知道你們對於這幕，還滿意嗎？」

虛空中突地微光閃了閃，隨後一道人影現身。

穿著格紋襯衫的斯文男子對著趕來科院的公會眾人彎身，手置胸前，姿勢就像站在舞台上，對著觀眾謝幕一樣。接著他直起背，露出溫和真摯的微笑。

「爲了不讓你們錯過，我還特地減弱了結界的強度哪。就像我曾說過的，既然小語都回到她的家了，連人帶命地永遠留在這，不就是最適合她的結局了嗎？」

這番話不僅打碎了科院的死寂，還在刹那間點燃眾人的滔天怒火。

「守鑰！」灰幻勃然大怒地暴吼，戾氣染紅他的眼。

前一秒還平整鋪在地面的石板，下一秒猝然暴起，迅雷不及掩耳地全數疾射向那名和安萬里擁有相同面貌的男子。

「汝等是我兵武，汝等聽從我令，明火！」

同一時間，多張符紙燃成熾烈火球，在飛來的緋紅焰火包覆下，驟然壯大威力，來勢洶洶地和衝起的巨大劍影一同加入攻擊行列。

「死了就不能復活囉，這可不是遊戲。」（出自《編輯是魔法少女》）

守鑰手上瞬現一本書，優雅的話聲甫溢入空氣，淡白色屏障即刻平空拔起，像座無堅不摧的堡壘矗立在他身周，將所有針對他的攻擊一舉攔截在外。

「我試著模仿一下，不過確實不能明白，人類的文學究竟有哪裡值得令人傾心。」守鑰「啪」地闔起書本，有如受到無形力量撕扯，脆弱的紙製品轉眼化為無數碎屑飄飛。

紙片像雪花般飄散在守鑰身前。

「但我也得承認，你利用我不在意的範圍隱瞞自己的存在，稱得上聰明。只可惜……」守鑰微微一笑，無溫的藍眼納入了坐在輕巧劍影上的安萬里，「到頭來，你也只是個無能為力的分身而已。分身又怎能與本尊的力量相比呢？」

那是彈指間發生的事。

就算安萬里驚覺到異樣，也已經來不及。

更多的淡白色光壁突如其來閃現，它們就像一道道城牆，猛地將范相思等人身後的公會成員盡數隔離。

「什——」范相思眼角捕捉到餘光，急忙扭頭。可不待她伸手擊上那層光壁，又見白光倏閃。

只不過是一晃眼，除了兩大部長及柯維安等人，其餘公會成員赫然消失在科院中庭。

灰幻瞳孔凝縮，他記得這似曾相識的一幕。

當初在符家的彡月祭，安萬里就是利用結界的力量，強制將受到情絲操控的符家弟子驅逐出戰圈。卻沒想到有朝一日，守鑰會以同樣方式對付他們公會的人。

「我喜歡安靜一點，接下來的重要時間，有足夠觀眾欣賞就好了。」守鑰一邊溫和有禮地解釋，一邊狀似隨意地往空中一抹。

頓時又見泛著淡色的光壁成形，有如牢籠般將另一端的一刻等人隔離其中。

白髮男孩像是被眼前光芒觸動，他慢慢抬起頭，向來給人凶狠印象的面容上毫無表情，然而那雙眼睛翻湧的，是驚滔駭浪般的凌厲火焰。

一刻置於地面上的手指收緊，他抓住石板間隙的泥沙和鮮紅的結晶碎片。緊接著，拳頭霍然攢握，無名指上橘紋乍現光輝。

下一剎那，布滿橙橘神紋的拳頭就要「轟」地往光壁上砸去。

「小白不要！」柯維安卻是白了臉，焦急大喊。

一刻揮出的拳頭硬生生停下，他沒有忽略柯維安的喊聲裡摻雜了緊張和示警。

「的確是別貿然動手比較好呢，小白。」守鑰微瞇的眼眸呈現和善的彎月狀，但流淌在眸底的純粹幽藍，只教人感到毛骨悚然。

那是什麼也沒有的虛無荒涼，一點也不像是生物會有的眼睛。

此時一刻等人上方光壁竟無聲無息生冒出尖刺。倘若底下的「囚犯們」敢擅動，恐怕就會立刻迎來鮮血四濺的下場。

「一刻。」蘇染和蘇冉分別搭上一刻肩膀，朝他輕搖了搖頭，有如阻止對方的行動。可一刻從認識十幾年的青梅竹馬淺藍眼珠中，讀到了不亞於自己的凌厲鋒芒。他繃緊下巴線條，鬆開了攢起的手指。

他知道蘇染他們不是阻止，而是準備伺機而動。

「聰明的孩子。」守鑰溫柔地笑起。如果那些會置人於死地的光刺不是出自他手，他的態度看起來就像在稱讚自己看好的後輩，「好了，讓我們別浪費彼此的時間了。公會的人只是被我暫時隔離出去，我並沒有對他們下重手。所以灰幻，你可以不用如此殺氣騰騰地瞪著我呢。」

「你這……」

「你沒對他們動手，倒是出乎本姑娘的意料。」范相思搶在灰幻砸出咒罵前快一步開口。她抬起一隻手臂──可乾澀的嗓音依然洩露出她其實費了一番力氣──才將激動的情緒死死按住，「我以為你會直接剷除妨礙你的人，就像你本來打算對、老、大、做、的、一、樣。」

「是的，我本來是想那麼做呢。」守鑰遺憾地說，「十炎很強大，會是阻礙。只可惜那一縷軟弱的意識阻撓了我的攻擊，否則我應該能準確挖出十炎的心臟。至於我為什麼不對公會其他人出手，也許我的分身會理解也不一定。」

「就算我和你同出一源，但我已不再附屬於你。」安萬里神情未變，筆直回視與自己容貌如出一轍的男子，「我不是你的分身，守鑰，我是安萬里。你若一再搞混我的名字，我會相當傷腦筋的。不過，即使如此，我確實能明白你的意圖。」

安萬里溫潤的碧眸覆上冷肅，他一字一字地說：

「『唯一』若醒，她的污染將會對全妖怪造成影響。你不動手，只是為了想看這一幕發生，不是嗎？」

守鑰拉開嘴角，笑容甚至流露出奇特的孩子氣。

「不得不陷入自相殘殺的神使公會，這很有趣呀。」

但吐出的字句，卻讓人深深感到不寒而慄。

「另外，還有一些有趣的事，我覺得你們或許會想知道，關於最後一個封印。」

「關於它究竟有沒有被破解……哎啊，你們到現在都還沒想明白嗎？」沙啞的咯咯笑聲冷不防加入。符廊香搖搖晃晃地站起，似乎對自身正在發生的崩潰一點也不在意，隨著她蹣蹣前行，地面上也拖曳出一道暗色痕跡。

污血混著焦屑，一點一滴飄灑下來。

「在可愛的小紫藤被你們引到這裡的那一刻起……情絲一族的力量就已經……具備完成了呀。」

引至這裡……引至科院……柯維安瞪大眼，猛然憶起那一夜，的確是他們特意把被瘴異寄附的水瀾引到……不對！

給出「科院」這明確地點的，分明就是——

電光石火間，有誰的聲音自記憶深處翻攪出來。

那人說：「既然在繁大，就把瘴異引到科院吧。那裡最近積了不少污濁的氣，你們在那戰鬥，可以順便清一清。」

柯維安駭然地倒抽一口氣，尾音掩不住顫抖。

是「安萬里」！老天啊，就連那則指示竟也是別有所圖……

「你是故意的……你那天是故意引誘柯維安他們這麼做的，守鑰！」范相思咬牙厲喊。

那次事件她也參與其中，自然知悉發生的一切。

「只可惜你們誰也沒留意到，誰也沒跟安萬里說……要不然，他早就能察覺這一切了……嘻，呵呵……不過哪，人家還是要告訴你們。」符廊香虛弱的笑聲猝地拔成尖利，惡意就像毒素擴染而出，「恭喜你們──答對啦！」

「對於你們促成『唯一』的甦醒，我在此致上由衷的感謝哪。」守鑰欠身一揖。

這瞬間，被四棟大樓圈圍的藍天霍地迸現裂縫，有如粗大傷疤一條條縱橫交錯，轉眼將平滑的蔚藍色撕扯得零碎。

然後天空塌落。

不，塌落的不是真正的天空，赫然是難以數計的光之碎片。

「雖然直到水瀾出現，我才等來情絲的力量。但在這麼長的等待中，也足夠我做許多準備了。」守鑰溫和地笑著說，「公會可以在繁大設立結界，怎會沒想到我也能在此地先布下我的結界呢？更不用說，結界原本就是守鑰一族的拿手把戲哪。」

大塊光之碎片仍持續崩落，伴隨真實藍天的暴露，一直被隱藏在結界之後的存在也逐一顯現出它的原貌，倒映在那一雙雙布滿驚駭的眼眸深處。

曾經以虛幻之姿覆蓋在紅葉公園上空的「唯一」封印，此時此刻真正降臨了。

妖異的桃紅煙氣宛若布滿尖刺的荊棘，一圈圈交繞出巨大的同心圓圖陣。同時，深青色花紋從中漫生出來，扭曲成既像數字又像符號的存在。

倘若再深上一分，就會像血珊瑚的桃紅荊棘，在中央位置絞擰出歪斜指針的形狀。

就算高聳的大樓遮蔽住廣大圖陣的全貌，但一刻等人知道，桃紅與暗青組成的模樣，就像可以覆蓋天幕的齒輪鐘。

只不過這一次，不是一幅。

四幅齒輪鐘圖陣重重相疊，快速無聲地相融在一起，終於徹底合而爲一。

歪曲的指針「卡噠」地動了下，再一下。

緊接著竟是逆時針飛速旋轉一圈。

就在指針再度回歸零位的刹那——

銀藍色光輝像飛竄的閃電，自纏繞的桃紅荊棘內掙脫出來，取代原先一切色彩。

當桃紅與暗青被銀藍全然吞噬，碩大無比的齒輪鐘圖陣也跟著崩解成無數碎屑，像是漫天星辰傾灑落下。

然而卻不若乞月祭那一夜眾人所見，在落地前便化爲烏有。

相反地，那些銀藍碎屑竟在空中凝塑出巨大人形半身，然後是形如蛇尾的下半身……

下一秒，異於銀藍的色澤一口氣湧現，刷染過髮絲、皮膚，一路來到了蛇尾的最末端。

「啊啊……」符郎香眼中燃動狂熱，被灼痕侵佔的雙手捧住了那朵由青絲攏成的花苞。

在她指尖碰觸下，青絲盡退，留在掌心上的是一顆似花盛綻的鮮紅色結晶。

「終於……我等的『唯一』終於……」

那是秋冬語的心臟，同時也是蒼淚的部分。

「終於……」就連守鑰虛無的藍眼中也滲出了喜悅。

青白色髮絲猶如大片山嵐，在科院建築群間飄晃。皮膚和臉孔則似煙氣凝成，唯有一雙不見眼白、眼珠分界的幽藍眸子鑲嵌在上，不見其餘五官的分布。桃紅色鱗片附著於蛇尾表層，鱗片邊緣還能瞧見一圈暗青環列。

人身蛇尾，體積巨大如小山，那是如此異常的存在。

可是在感受到「異常」之前，最先感受的是「恐怖」。

無法言喻的壓迫像潮水湧來，令人難以呼吸。全身上下就像有大石重壓，竟是連一步都動彈不得。

在那份壓倒性的威壓下，一切顯得格外渺小。

那是災禍。

那是「唯一」。

時距七百年，蒼淚終於復甦人間。

妖怪有很多種。

有的克制，有的毫不在意傷害人；有的無處不在，種族龐大，輕易可見。

有的則是唯一。

蒼淚就是那「唯一」，獨一而無二。

除了自己，再無其他。

她的存在對妖怪來說即是災禍，她會擴散污染，使妖怪失去眞正自我，心性趨向狂暴，最終造成同族慘烈的自相殘殺。

那是一場煉獄。

但時至七百年後，曾親眼目睹過那場煉獄的妖怪已少之又少。

在時光湮沒下，蒼淚漸漸成了傳聞中的大妖。她的名字也在妖怪口耳相傳中，逐漸被「唯一」這個稱呼取代。

然而不管是蒼淚或「唯一」，如今已在神使公會眾人面前眞正降臨。

死一般的寂靜席捲整座科技學院，一刻等人怔怔仰頭瞪視身形幾乎遮天蔽日的人身蛇尾怪物，發聲能力就像暫時被剝奪了，連呼吸都覺得困難。

彷彿由煙氣堆砌出來的可怖怪物，像在俯視身下渺小的存在。假使這時她蛇尾輕輕一動，就會將所有人連同其中一側大樓當場擊得粉碎。

即使是活了數百年的范相思、灰幻，甚至是安萬里，在蒼淚無機質的注視下，也忍不住感到戰慄竄湧上背脊，更遑論是一刻他們了。

但蒼淚的目光顯然不是針對公會諸人，因爲她在如同凝結的氣氛中動了。

邊緣渲染出煙氣的手臂慢慢移往一個方向，宛如還未聚成實體的指尖，懸停在守鑰和符廊香的前方，像是在等待著什麼。

或是，索討著什麼。

「是小語的結晶……」安萬里像費盡力氣，才從喉中擠出乾啞的聲音，「雖然沒有意志，但本能正讓她……打算拿回自己的部分。」

「必須想辦法阻止……」范相思捏緊手指，感到掌心一片冷汗淋漓。她有點想嘲笑自己，明明都身爲劍靈了，居然還會被一個妖怪震懾住。

范相思咬咬牙，強迫自己想點其他事轉移注意力。例如如果真敗在這裡，她就沒辦法給那個用笨拙方式、絕不放棄地追了自己許久的傢伙一個回覆了。

那可不行。

沒錯，那可不行。

范相思貓兒眼閃過一瞬銳芒，攢緊的指尖感覺到纖薄的劍影正重新生冒出來。

正如安萬里所說，蒼淚的手臂往符廊香更靠近了些，她能察覺到自己的「部分」在誰手上。

「把『部分』獻給我等的『唯一』吧，廊香。」守鑰溫聲地說，「只要『唯一』能成爲完全體，就能爲妖怪帶來災禍。屆時，你們痒異就可以無所顧忌地吞噬欲望，就連妳也能在崩毀之前，重新找到新身軀、新宿主。」

「你說的沒錯哪……」符廊香異色雙眸中光采更甚，幾乎到了奇異的狂熱。她小心翼翼地捧著花形結晶，拖著殘破不堪的身子往蒼淚接近，渾然不在意每走一步，逐漸化爲黏稠黑暗的身軀就崩垮一塊下來，「只要能將這『部分』回歸本來的位置……那裡的空隙，心口的空隙，就會被永遠塡滿，再也無法入侵。所以呀……」

符廊香的低語含含糊糊，饒是最靠近的守鑰也只能見到她的嘴唇開闔。

「廊香？」

「所以呀——」符廊香高舉雙手，跟著仰高的面容上是瘋狂惡毒的大大笑容，「所以我怎麼可能讓空隙被塡起……瘴啊！只要心有空隙就能鑽進去！不管是人、神或妖！」

近乎高笑的咆喊中，符廊香十指霍地往內擠壓，瞬間將鮮紅色花形結晶捏個粉碎。

剔透晶體碎末飛濺，烙印在守鑰初次流露驚異的藍眼裡。

突來的變故震住在場眾人，誰也沒想到符廊香竟會反給守鑰一記措手不及的打擊。

她將蒼淚的部分捏碎，等於徹底斷了蒼淚回復完全體的機會。

爲什麼？她和守鑰不是同伴嗎？

她心心念念的不就是「唯一」的復活嗎？

無數疑問沖刷過震驚的眾人。

范相思是最快拉回神智的，她當機立斷地甩射出暗藏指間的劍影，卻不是朝著符廊香，赫然瞄準了一刻他們四周的光壁。

小巧劍影轉瞬拔得巨大，迅雷不及掩耳地直衝光壁，鋒利劍尖眼看就要破開那層堅固的牢籠。

但就像感應到危機，光牢裡的尖刺霎時暴長，鎖定的正是被囚困在裡頭的一刻等人。

說時遲、那時快，赤紅似流火的兩抹光芒搶先劃過，隨即讓光刺斷裂成數截。

同一時間，一刻繞布神紋的拳頭猛地砸上前方障礙，在他身後則是另外兩束碧光飛擊向左右。

頃刻間，守鑰以結界築出的牢籠變得四分五裂。

但眼下，守鑰全無心思去管逃出自己掌控的神使們。他猝地一把掐上符廊香頸子，修長五指急速收緊，竟單手將對方提拎離地。

那張似乎只有微笑佔據的臉龐上，第一次因為震怒而扭曲了。

「符廊香！」守鑰雙眼內暴漲著殺意，「妳知不知道妳做了什麼！」

「哎啊，我當然知道……」符廊香咯咯笑起，像是沒聽見自己頸子在守鑰驚人力道下，正發出可怕的「卡啦」聲響。她的笑聲就像從變形的長管中擠出，變得又尖又利，又高昂得歇斯底里，「我知道我知道我知道——我怎麼可能不知道！」

那不是符廊香的聲音，也不是情絲的聲音。

那是粗厲刺耳、有如獸嚎的瘋狂大笑。

「不知道的是你啊，愚蠢的守鑰！難道你忘了，這具身體的污染根本不夠凌駕在『我』之上，瘴靈融合可比那不堪一擊的蒼淚污染強太多了！我等是瘴，是瘴異，吞噬世上的一切欲望，像蒼淚那種空殼般的存在，怎麼可能是我等的『唯一』？」

符廊香的一眼幽藍黯淡，另一眼卻是猩紅似血，濃郁得像隨時會化爲實體滴淌出來。

「啊啊，希望、願望、渴望，所有的欲望都是屬於我等的，我等的『唯一』——」

發狂般的尖嘯中，大地猛然震晃，鋪著平整石板的地面簡直像受到看不見的巨大力量擠壓推搡，像海浪抖振出劇烈起伏的波度。

「什、什……」柯維安一個不穩，差點被掀翻出去，幸虧楊百罌及時扯住他。

但是楊百罌很快地也難以維持平衡。

地面震晃幅度太大，宛如強震驟然來襲。

可奇異的是，四周的建築群卻似乎不受影響，依舊屹立不搖。

「馬的！小鬼們立刻給我想辦法上來！」灰幻大力一踏地，抖晃的科院中庭瞬時迸裂開一道粗大裂縫，大量沙石從裡頭湧出，在半空堆聚出一座光整石台。

灰幻粗暴地扔了柯維安和楊百罌上去，眼見范相思已撈起安萬里躍上，自己也一點地，身形眨眼便落在石台上。

「小白！」屁股跌撞得發疼的柯維安忙不迭爬起，往石台邊緣衝了過去，「手給我！」

另一隻手比柯維安快一步從旁探出。

一刻抓住曲九江伸出的手，俐落一躍上後迅速轉身，幫忙接抱過蔚商白懷中的蔚可可。

蘇染和蘇冉同時矯捷踩踏上石台。

懸空浮起的石台不受地面晃動影響，同時能讓一刻他們更清楚看見周遭變化。

隨著大地震搖，科院外忽然瞧見大量黑影疾速逼近，卻不是突破守鑰隔離的公會成員。

「那是？」就算是守鑰，也被轉移了注意力。他轉過頭，然後烙進他大睜眼眸裡的，是鋪天蓋地、數也數不清的漆黑影子。

無數黑影像浪潮貼著起伏不停的地面擁來，一進入科院中庭範圍，頓時分散開來，像是詭譎的黑色大魚快速游走。

那是什麼？身爲神使的一刻等人，誰也沒脫口問出這個問題。

當黑影闖進他們視野的瞬間，他們就已知道答案。

而那答案，卻也令他們大駭不已。

那些……那可怕的數量，那些都是瘴！

如同要擊碎一刻他們的猜測，似大魚游走的黑影霍然間離地竄起。

柔軟的黑暗就像斗篷包裹出一具人形，兜帽下該是臉孔的部分被一團混沌佔據，唯有兩簇紅光發亮，如同一雙不祥的紅眼睛。

那不是瘴，它們竟然全都是瘴異！

連日來在繁星市完全銷聲匿跡的瘴異，居然在這個令人意想不到的時刻，猝然大舉入侵了。

它們的速度快若鬼魅，飛也似地鑽竄向蒼淚的胸口。

所有黑影驟然縮細，絞成綿長的細線，爭先恐後地沒入蒼淚體內——從那個沒有被補起的空隙。

「終於……我等的『唯一』終於可以眞正復活……嘻嘻，哈哈哈哈哈！」符廊香的臉孔在她說話時，也跟著化作黑泥潰爛了，但那隻紅眼依舊像夜間鬼火淒厲，「既然是妖怪，就更該記得清楚——小心不要露出心的空隙，以免被我們鑽進去！」

野獸似的咆哮仍在空中迴響，然而守鑰箝抓住的鬼偶少女已盡數塌垮成黑泥。

旋即這片黑泥猛地彈濺起，像是支漆黑箭矢，筆直竄往高空，連同其他黑線一併沒入蒼淚那具龐然似煙氣捏成的身體之中。

當守鑰驚慄地意識到瘴異的目的時，早已來不及了。

蒼淚身周的青白煙氣轉瞬間覆爲深暗漆黑，緊接著黑氣猶如絲線，一圈圈將那具人身蛇尾的軀體包纏住。

在黑絲不斷包覆的過程中，本該如小山巨大的身形也急遽縮小、再縮小，最後成了與常人無異的高度。

等到黑絲像煙氣般冉冉飄散開來，一抹和蒼淚截然不同的人影慢慢出現在眾人眼前。

雖仍是一頭宛若飄渺山嵐的青白髮絲，皮膚邊緣也仍像輕煙般虛實不定，似乎只要稍強些的氣流就能將之吹散。

可是，那張臉孔已不再是一團混沌。

那是一張極爲精緻美麗的臉，就算用「無瑕」來形容也不爲過。

姣好的眉、挺直的鼻、紅潤的嘴唇，濃密纖長的眼睫下卻是——一雙純粹猩紅，像是能夠泛出光澤的紅玉眼睛。

只是那幽光如此詭譎不祥，彷彿盯視久了，就會將人吸入血腥漩渦。

體型纖細、身著華艷衣裙的少女，外觀看起來與人類差距不大。雪白筆直的雙腳取代了蒼淚原先的桃紅蛇尾，靜佇在那，好似腳底下隨時會開出一片花。

但，如果眞的開綻花朵，也只會是黑暗之花。

守鑰臉上既震驚又困惑。他終於知道符廊香，以及所有瘴異和自己的合作，眞正的目的就是爲了奪取蒼淚的身體，供瘴異們認定的「唯一」使用。

但他不明白的是，這名被瘴異奉爲「唯一」的陌生少女是誰？

她究竟是什麼身分？

只是守鑰還沒開口，少女先有了動作。

黑得像是能發亮的鞋尖輕巧踩踏出來，那是少女踏出的第一步。

同時，在那一步內，守鑰發現自己胸口傳來奇異的痛楚，如同萬蟲咬齧。

他下意識低下頭，臉上還凝著略帶茫然的神情，接著映入幽藍眼睛裡的，是個拳頭大的窟窿，貫穿了他的前胸後背。

他甚至沒發現是何時發生的。

「呵。」少女嘴唇微啓，發出銀鈴似的笑聲。

就在這刹那，少女足下的影子倏地疾竄出多道黑影，快若離弦之箭，一道道刺穿了守鑰的身軀。

黑影轉眼又攤展成柔軟黑布，將守鑰包覆起來。

只見黑布蠕動，底下傳出狼吞虎嚥般的悚然聲響，簡直像有無數猛獸爭相咬食著什麼。

卡嚓、卡嚓。

咕嚕、咕嚕。

聲音不大，卻無比清晰地進入每個人的耳中。

本來尚有一人高的黑布，霎時縮了體積，越來越矮，然後只剩數片黑影薄薄鋪疊於地。

才那麼一丁點時間，曾將神使公會耍弄於股掌間的守鑰，就這樣消失在一刻他們面前。

那麼簡單……簡單到令人毛骨悚然的地步。

「那究竟是……」親眼目睹自己本尊遭到消滅，安萬里心頭壓抑不了駭然。

「……什麼東西？」灰幻啞著嗓子，背部被汗水淌濕一塊。

楊百罌費了一番力，才克制住反射性想竄上的哆嗦。比起方才體型和外貌都如怪物的蒼淚，眼前取而代之的紅眼少女，給人的感覺更像是……

怪物。

楊百罌知道這麼想的不只她，饒是喜愛挑戰強者的曲九江，額角邊也不自覺凝出了一小片冷汗。

所以，那名少女究竟是……什麼？

瘴異奉她為「唯一」，她猩紅似血的赤色眼眸，也證實了她亦是瘴的身分。

楊百罌下意識覷望向一刻，卻見白髮男孩的表情異常嚇人。

一刻臉上失了血色，就像正目擊至今最恐怖的事物。

可那份扭曲中，又挾帶著巴不得將那份事物除之而後快的猛獰。

那絕對不可能是面對陌生人物時會有的表情。

而且不只一刻，包括蘇染、蘇冉還有蔚商白，都露出了類似的眼神。

這表示他們知道那名少女是誰。

更甚者，他們認識她。

「這不……」范相思的喃喃低語打破死寂，素來清脆的嗓音這時乾啞得不可思議，「那張臉……但妳不可能……」

「范相思，妳認得她？」灰幻眼尖地注意到范相思身形微晃，想也不想地抓握住她的手，隨後才驚覺對方手指冰得嚇人。

「那、那張臉……」結結巴巴說話的是柯維安，他看起來就像遭到雷擊，整個人仍是懵的。

柯維安還記得自己在一個多月前第一次去一刻家拜訪時，前來開門的就是與眼前紅眼少女同張容顏的身影。

那人墨黑的大眼無比水靈，好聽的聲音猶在耳畔。

「妾身認得你哪，你是文昌的徒弟對不對？文昌當初撿回來的小不點，都長那麼大了。」

柯維安臉上血色「唰」地褪下，一屁股跌坐在石台上，發出的聲音像被掐著脖子般，破碎得如同呻吟。

「那張臉……」

或是悲鳴。

「和織女大人一模一樣啊！」

柯維安的吶喊有若一道響雷霍地劈下，重重砸在其他人心頭上。

灰幻和安萬里大震，他們並未和織女接觸過，自然無從知悉對方的相貌。

但是有一點，他們卻是知道的……

關於「牛郎織女」這則神話的眞相。

「織女大人？那不就是小白的……」楊百罌瞠大了美眸，猛地吸口冷氣，一刻曾提過的片段過往在她腦內回閃。

那是一刻和他的朋友在高中時發生的事。

他們遇上了一名非常棘手的敵人。

那名妖怪由於奪走織女的力量，成了第一個毋需宿主，即能擁有人形的瘴。

她逃匿千年，幾乎成功與織女完成融合。卻在數年前，被一刻等人合力將之殲滅在利英高中。

她是瘴的頂點，她的名字是……

「那不是織女。」一刻死死瞪著前方那張噙掛著優雅與惡意微笑的臉龐，彷彿不覺自己的指甲被掐握得扎進掌心裡，他就像是想把積壓的毒素擠出來，有如詛咒般吐出了那個名字。

「那是……怠墮。」

那個對他來說有若惡夢重現的名字。

怠墮。

第十章

「牛郎織女」在人間是個家喻戶曉的神話故事。

牛郎織女相識、相愛、相守，又被迫分離，進而演變出「七夕」這個節日。

但隱藏在神話故事背後的眞相，卻只有少部分人知情。

千年前，牛郎織女面臨被拆散的命運，在悲慟和怨怒下，織女心裡欲望失衡，暴長的欲線引來瘴的入侵。

即使瘴最終被驅離，但也獲得了織女的力量，成爲第一個不需宿主便能以人形現身的瘴。

其名爲「怠墮」。

千年後，逃逸的怠墮再次重現人世，設下一環環圈套，幾乎就要成功和織女融合，徹底奪去織女的軀體和力量。

但在牛郎織女的轉世子女，以及其朋友，也就是一刻他們的全力幫助下，終於使得遭受天雷之擊的怠墮在利英高中裡化爲灰燼，再也不復存在。

本來應該是如此的……

可是當年的惡夢，現在居然再次在一刻他們眼前重現了。

一刻、蘇氏姊弟與蔚商白神情僵硬，卻又透出一絲凌厲。就好像前方場景雖然令他們本能地瑟縮了下，可他們依舊咬牙直視，誰也不願退卻。

宛如層層黑暗堆砌出來的華艷衣飾，精緻似人偶的美麗容貌，像是赤艷紅玉鑲嵌其上的血紅色眼瞳。

除了眼睛色澤不同，以及眉宇間的仙靈之氣被無窮惡意取代，那是和天帝的小女兒——織女——一模一樣的臉孔。

柯維安記憶猶新，他在一個多月前才剛見過對方。他感到手腳控制不住地發冷，但肺部卻又莫名像火燒一般。

直到他發現那股燒灼感演變成像快要劇烈爆炸，才猛然意會到自己忘了呼吸。

柯維安急促地吸了一大口氣，發出像是嗚咽的奇怪聲音。

只不過這名娃娃臉男孩並沒意識到，他現在滿腦子都被自己無意中說出的那句話佔據。

他壓根就沒想到自己竟然眞的會——

「這樣算起來，那個怠墮還比較像瘴異的『唯一』嘛。」

一語成讖。

原來從頭到尾，瘴異所遵從的「唯一」，和蒼淚根本就不是同一人。

它們所吸取的力量，也不是爲了奉獻給蒼淚，一切都是爲了——

怠墮。

緊繃到像是能扎痛人的大片死寂中，怠墮笑了，她的笑容如罌粟華美又充滿毒素。

「日安哪，宮一刻。或者吾該說，好一陣未見了。」髮絲如煙氣的紅眼少女邁出步伐，她的衣裙簡直像活生生的黑暗湧動，「今天眞是一個適合慶祝吾重生的日子，不是嗎？雖然有些面生的臉孔是吾第一次見到，但吾聞得出有趣的氣味。」

猩紅似血的眼眸瞥向了灰幻他們的方向。

鮮紅的眼睛納入那些身影，眼底卻沒有絲毫情感、溫度，宛如不見盡頭的血色深淵。

比起守鑰荒蕪冷寂的藍眼，現在的這雙紅眼，更教灰幻等人感到忌憚，如臨大敵。

怠墮和空中石台間只隔著一段距離，但她每次邁出的步伐仍是不疾不徐，就像不在意台上的人是否會有所動作。

「妖氣，不完整的妖氣。呵，還有無名神是嗎？吾可愛的瘴異們告訴吾，有個可笑至極的組織，妖怪居然會組建神使公會，還與神使和神混在一塊？這可眞是……讓吾覺得滑稽又愚蠢哪。」

「妳！」

「灰幻，先別輕舉妄動。」范相思輕喝，眼疾手快地握住灰幻欲施展攻擊的手。

除了一刻他們，在公會裡，恐怕只有她較了解怠墮的威脅性。能讓牛郎織女大吃苦頭的癉，怎麼可能只是尋常妖怪？

更遑論現今的怠墮，還奪得了蒼淚的軀體。

但是，怠墮究竟是如何重生的？

「妳明明早該死了……妳明明他×的早該死透了，怠墮！」一刻咬牙切齒地擠出嘶喊。如果不是蘇染、蘇冉緊拽著他，他早就按捺不住地衝上，劈頭給予那抹有若鮮活惡意聚集體的身影全力一擊。

「顯然你們猜錯了。吾現在，不是好端端地站在這裡嗎？」怠墮的咯笑一如天眞少女般清脆，可從那紅潤嘴唇滑出的字字句句，皆包裹著毒液，「願望、希望、絕望，這一切都將成爲欲望。欲望不可能滅，吾等也將永不滅。」

怠墮輕輕一抬手，僅是這個看似隨意的舉動，她周遭就出現了奇異的黑色扭曲，「嘩」地擴散，赫然是無數漆黑絲線。

「比起這具新身體，吾更加懷念織女的哪。當初怠忽工作，墮於愛情中的織女還好嗎？吾啊，很想念呢，想念當時帶給你們的絕望。所以從現在開始，你們必須陷入更深的絕望才行。」

與柔滑似絲綢的笑聲不同，令人打從心底毛骨悚然的一條條黑暗，正隨著怠墮的每一邁步快速往四方伸展。

「將瘴異當成神祇信仰的感覺如何？被自己家族驅逐的滋味有趣嗎？」楊百罌瞪大眼，冷艷的面孔褪去最後一絲血色；曲九江銀瞳收縮，火焰像是感受到操控者的情緒，霍地攀爬上臂膀。

「獲得新生的感受是不是再也無法忘懷？就算那是屬於別人的屍體，也無所謂對不對？」

柯維安像是當面被人狠狠摑了一掌，喉間逸出的噺氣更像哀鳴。

「親手貫穿最要好朋友的胸膛，想必令人畢生難忘？還記得撕裂血肉，被鮮血浸淹整隻手的觸感嗎？」

安萬里溫文的面容上閃過一瞬暴怒，轉眼又被悔恨取代，最後形成了僵硬的臉部表情。

即使怠墮的話裡沒加上主詞，但那些句子就好比淬了毒汁的箭矢，精準狠辣地插入某些人的心口，留下一道鮮血淋漓的傷痕。

「妳知道……為什麼妳會知道？」一刻不敢置信。就算怠墮吸收了符廊香，然而楊家發生的事，符廊香不該知悉得那麼清楚。

「爲什麼嗎？因爲你們口中的『瘴異』，就是藉由吾之力量誕生的。」紅眼少女笑得甜蜜惡毒，婉轉動人的嗓音在眾人駭然中流瀉。

「吾原本的身軀在天雷下化爲灰燼，灰燼滲入潭雅的土地，讓潭雅的瘴在這數年間產生了改變，逐漸進化。但是，瘴異正式出現在世間的時間還沒到，必須耐心等候，直到楊家山神祭，可愛愚蠢的小山精被瘴異入侵。」

黑暗貼著科院的地面，像一道道粗大醜陋的傷疤，一下便擴展到周圍建築物上。黑暗撕裂開鋼筋水泥，成爲眞正的裂縫，高聳的一館、二館、三館、四館，誰也沒辦法逃脫圮倒的命運。

高樓正逐漸崩塌，然而轟然聲響卻像被徹底吞噬，只能見到巨大笨重的石塊、水泥塊無聲無息地分解成瓦礫傾瀉，宛如觀看著一幕超乎現實的默劇。

但比起震驚於大樓的塌損，柯維安的全部注意力都被怠墮的話語緊緊攫住。

珊琳被瘴異入侵的那次楊家山神祭是在七年前……同時怠墮也還藏於人間，小白他們還沒遇上織女大人，尚未成爲神使……

也就是說，只有入侵珊琳的那隻瘴異，是不同於其他的瘴異……因爲它不可能是藉由怠墮殘留的灰燼進化的……

「難、難道說……出現在楊家的那隻瘴異，是妳創造出來的第一隻瘴異!?」柯維安像是被人掐著脖子，發出尖銳叫喊。

聞言，眾人莫不是一震。

「半鬼的腦袋顯然不錯，怪不得符廊香喜歡你哪。」怠墮對於自己製造的破壞無動於衷，她噙著歪斜如不祥新月的微笑，繼續一步步縮短與一刻等人的距離。

包括她身邊的景物，也在黑暗的撕扯下分解成更細微的粒子。

「吾當初只是一時興起，分了吾的一滴血到某隻瘴身上，於是那隻瘴成爲你們稱之的瘴異。而它的出現，就是宣告著時機成熟。接受吾之灰燼的瘴異終於能夠正式出現在人世中，爲了讓吾復甦，爲了替吾找到合適的身體。畢竟那時候，織女可是使吾形體俱滅了呀。」

怠墮的最後一句拉得輕柔，帶了些許繾綣的味道。

可是聲音的本質裡，卻沒有任何感情，只有駭人的冰冷殘酷。

「吾才是它們的『唯一』，一切的希望、渴望、絕望，一切的欲望都將奉獻給吾，被吾所吞噬，包括你們。」

怠墮身形剎那間消失在一刻等人視野中，還沒等他們反應過來，像是黑暗凝聚的纖細人影再次出現，赫然與他們僅剩幾步之遙。

「人、神、妖、半，吾都將吞噬殆盡。」怠墮霍然舉起手，從她掌心前平空噴湧出大股黑暗。

不對，那不是純粹的大片黑暗，而是由密密麻麻的黑色絲線拼組起來的聚合體。

大量驚人的黑絲鋪天蓋地襲來，像是一張漆黑大網，眼看就要將石台上的一刻等人一舉吞吃進去。

可是沒想到下一秒，卻發生了連怠墮也大感意外的事。

黑絲在即將觸及一刻他們身前之際，居然產生奇異的停滯，緊接著空氣渲染出一陣扭曲，有如影像無預警出現雜訊。

那份扭曲轉瞬蔓延到怠墮的黑色絲線上。不光是集結成天羅地網的黑絲，包括四周撕裂建築物的長條黑痕，所有來自怠墮的黑暗都在扭曲，邊緣突然變得模糊，時現時隱。

乍看下，恍如隨時會支撐不住地崩潰。

這異常一幕讓怠墮雪白妖異的臉孔閃過一瞬驚訝，似乎連她自己也還沒理解過來究竟發生了什麼事。

但有人立刻理解了。

身為源自蒼淚的守鑰一族，安萬里霎時知道癥結出在哪裡。

沒錯放這可能是唯一的機會，安萬里斷然厲喝：「她和蒼淚的融合還不完全，動手！」

即便腦海還未全然意會過來，但以一刻為首的幾名年輕神使們，本能地先做出行動了。

符紙、白針、利劍、長刀、金墨、紅焰。

凶猛的一波波攻擊疾速衝向前，破開了不穩的黑暗，毫不遲疑地直逼怠墮而去。

怠墮身影瞬淡，當攻擊眞正欺上時，碰觸到的只不過是一片殘影。

像披裹著華美黑暗的少女下一秒再度出現，可她足尖尚未沾地，背後便倏地利光驟起，宛如鋼鐵之花的多枚劍影旋綻，鋒銳劍尖毫不留情地重重捅刺進那抹纖細身影——

輕易穿透過去，沒有帶出丁點血花。

少女的身形就像煙氣般轉淡消隱。

原來那依舊是怠墮的一抹殘影。

「只是區區無名神，又怎麼可能眞傷得了吾？」柔軟冷酷的笑聲伴隨著怠墮的再次現身，滑過科院中庭。

怠墮舉起一隻手，看似不費吹灰之力就擋下了暴起的大片尖利石刺。

與此同時，無論是黑絲或攀爬在大樓上的黑暗，全都飛快一口氣退回至怠墮腳下。

「當然，百年之妖又能奈吾如何呢？但以此種不完美姿態示人，也非吾願。呵，下一次吧，吾很期待和你們的下一次見面，宮一刻……前提是在這之前，這座城市還沒先毀滅於神使公會之手的話。」

怠墮拉出了妖冶的微笑，紅眼似血色漩渦。

「所謂的神使公會，主要不就是由妖怪組成的嗎？吾想看看，被污染的妖怪該如何守護這座城市哪。」

猶如宣告不祥的話聲還未散逸，霎時，怠墮正上方冷不防浮冒出數以萬計的藍色光體。

幽藍色的水滴狀光體密集地立在高空中，簡直就像剔透的淚水被時光靜止，凝滯在這個空間裡。

本該透著不可思議美感的畫面，卻在成形的這瞬間，無來由地帶給人一股寒意與悚然。

然而對安萬里來說，並非無來由。鏡片後的碧綠瞳孔幾乎隨著仰頭的動作收縮到最極限，戰慄湧過他的四肢百骸，像是連血液裡的溫度都要一併被帶走。

他知道那是什麼，他也知道自己現在該做的是什麼。

只是安萬里萬萬沒預料到，有人會比他更快出手。

范相思可以說是反射性地甩射出一片劍影。

「范相思，不可以！」安萬里素來沉穩的聲音洩露駭然。他不敢遲疑，也不能遲疑地自衣內掏出一顆金耀奪目的光球，猝然將之往心口處猛力按壓。

就在光球沒進體內的瞬間——

「非現實的東西，如今已經成爲現實，並以最讓人無法抗拒的姿態出現。」（出自《打工勇者》）

淡白色光壁隨著快速逸出的字句，迅雷不及掩耳地在幽藍淚滴下展開，將它們一口氣盡數包覆，壓縮在光壁築成的四方空間內——除了被劍影劃破的那顆。

從安萬里高喊到他架構出結界，只不過是眨眼間。

在這短得不能再短的時間內，范相思來不及完全收手，只能勉強改變劍影軌跡。

但鋒利的劍氣仍將其中一顆光體割劃開了。

幽藍色的一滴眼淚頓時破碎，釋放出一團宛若煙霧的氣體。

泛著同樣色澤的霧氣就像水波擴散，旋即沾上距離最近、首當其衝的蔚商白。

堅毅冷然的高個青年一凜，但不待他做出任何反擊，霧氣已自動滲入他的皮膚底下。

接著，那具修長身軀竟驟然一倒，如同被剪斷提線的木偶，當場意識全失地往堅硬石地一砸。

「蔚商白！」一刻大駭，如果不是他速度夠快，恐怕對方眞的就要撞上石頭了。

「怎、怎麼……爲什麼小可的哥哥會……」柯維安白著臉，驚喊出多數人的疑問，「那個藍色的東西到底是……！」

柯維安倏地沒了聲音，他張著嘴，臉上驚忧的表情就像當面捱了一拳。

「眞可惜碰觸到的不是妖怪，不得不說，讓吾有些失望。」怠墮悅耳的嗓音劃破空氣，一縷縷鑽進在場人的心底，同時也替他們帶來了揮之不去的絲絲寒氣，「不完全的守鑰結界，究竟可以撐到何時？吾相當拭目以待哪。吾同樣期待著下次的正式見面，宮一刻，記得別死得太快，否則吾……」

怠墮手中平空浮現一張白色面具，當她戴上面具，僅露出一雙猩紅色眼瞳，她猶如黑暗堆砌出來的身影也像漣漪般轉淡。

「會少了許多樂趣呢。」

然後徹底消失無蹤。

假使不是周遭建築群和地面都被破壞得凌亂不堪，加上空中還懸浮著一個像是盛裝藍水的巨大光箱，怠墮的出現簡直就像一場夢。

一場最糟糕、也最差勁的，惡夢。

茫然與絕望彷彿快將一刻他們擊倒，一張張年輕臉龐上布滿著不知該何去何從的迷惘。就算是灰幻和范相思，也像被現實狠狠擊打了一記耳光，掩不住動搖和狼狽。

不到一天，所有人以為還能挽回局面的想望，整個被顛覆了。

他們失去了秋冬語，蔚可可和蔚商白陷入昏迷……曾在天界人間引發大亂的怠墮重生，甚至佔據了蒼淚的身體。

打破死一般靜默的是安萬里。

「商白學弟不會有事，就只是暫時昏迷。」安萬里的語調和往常似乎無異，仍舊溫和，可是終究藏不住疲倦，「蒼淚的污染只會對妖怪造成影響，人類碰到頂多失去意識，沒有實質上的傷害。」

「所以，那果然是……」柯維安維持著仰頭的動作，像是不覺得脖子痠疼，啞聲地說，大睜的眼眸裡倒映著像盛滿瑰麗水色的光箱。

「……蒼淚的污染。」安萬里宛若嘆息著說，「事實上，『蒼淚』之名也是從她特殊的力量而來。『淚』這個字，如果水流光了，會成爲什麼？會成爲『戾』。那些藍色的存在，乍看下不就像眼淚嗎？加上妖怪一旦沾碰上，就會失去本心，進而狂暴。於是曾有妖族以這些特徵取了『蒼淚』這個充滿諷刺意味的名字。雖然諷刺，可是也如此貼切。」

「假使被污染，有辦法再恢復嗎？」范相思慢慢地問，眼角餘光納入灰幻的影子。

「可以。」安萬里語氣簡潔，「殺了怠墮。」

這沒有一絲拖泥帶水的決然回答，似乎令其他人怔了一下。

「原本重新封印也是可以的，但……」安萬里微斂著眼，沒有再說下去。

即使他沒有明說，眾人也明白。

守鑰已亡於怠墮之手，安萬里自身的結界能力不夠強大，更不用說如今的蒼淚早就被怠墮入侵。

除了消滅怠墮，再無他法。

「不管怎樣，你們都先回公會去吧。十炎應該在等著了，畢竟他能感應到我使用了他的力量。」安萬里摘下眼鏡，捏捏眉心。待他再抬頭，已將疲倦藏起，神情平靜，回復成以往備受眾人信賴的副會長，「單憑我現在之力，是無法攔下污染的。爲了預防萬一，十炎分出他一尾的力量給我，但不可能撐太久的。」

「你打算一個人守在這裡？」灰幻從安萬里的話語間嗅出端倪。

「不，我想請你留特援部的一些人手下來，幫我巡視繁大其他地方的動靜。」安萬里糾正，碧色眼瞳逐一望向他的同事和他的學弟妹，「你們就先回去，商白學弟和可可學妹也須要休息，不是嗎？」

安萬里笑意沉穩，卻有股不容他人拒絕或反駁的強硬。

和安萬里共事那麼久，范相思與灰幻自然清楚對方固執起來，就不會改變自己的決定。

況且……范相思暗暗看了一眼仍魂不守舍的幾名年輕人。他們明明都還那麼年輕，卻被迫用這種殘酷的方式，面對與自己朋友的離別。

上一秒還筆直站立的長直髮女孩，下一秒便破碎成無數結晶碎片……

范相思假裝沒發現從心底湧上的苦澀和悲慟，強迫自己打起精神。

事情還沒結束，他們沒有逃避的權利。

「明白了，本姑娘這就帶他們回去。」范相思點點頭，將食指和拇指圈起，吹出一聲尖利的哨音。

隨後就見另一端疾速衝來了一片黑雲。

等到距離拉得夠近了，才發現那原來是一隻體型龐大的烏鴉。

放眼所見的狼藉讓八金瞪大眼，還不待牠開口，范相思一彈指，封住牠的發聲能力。

「少廢話，多做事，八金。」范相思說，「負責將幾個小朋友載回公會。」

八金彷彿能嗅出眼前氣氛不同以往，立即訓練有素地伏低身子，低下腦袋，方便讓人乘坐。

一刻沒有依言上去八金的背脊，他停了下來，轉頭看著留守在科院中庭的安萬里。

「學長……」白髮男孩聲音格外沙啞，就像被沙礫狠狠磨擦過，臉上表情接近困獸，布滿著痛苦與不甘。

但就算如此，眼眸底那一簇頑強光芒卻也不曾消失。

於是安萬里不意外自己會聽見的。

「你的結界，可以撐多久？」

這句疑問，等同是在陳述——我們會在那個期限裡，拚死找出怠墮，然後宰了她。

縱使絕望、迷惘，他們也從沒想過要放棄。

安萬里難以形容自己此刻的心情，不過他想，或許是類似一種驕傲吧，爲了這些年輕的孩子們。

所以他也不打算隱瞞，平靜地公布答案：

「四十八小時。」

距離結界破裂，污染擴散，還有四十八小時的時間。

□

週六下午的銀光街依舊人潮絡繹不絕，其中尤以前來此地補習的學生佔大多數。喧鬧聲洋溢街上，同時散發著年輕人特有的青春氣息。

不時可以見到少年少女就像集結起來的魚群，朝著各自的目的地快速悠游而去。

但卻沒有任何人在銀光大樓前佇足，就連多瞄一眼也沒有，彷彿那棟外觀看起來有些老舊的大樓並不存在。

又或者，他們根本就看不見它。

僅僅一座平台階梯之隔，銀光大樓與銀光街簡直就像各處於兩個截然不同的空間。

突然，一大片陰影快速滑過街道上空，然而當底下學生察覺異樣地抬起頭，天空已空無一物，看不出絲毫異狀。

「怎麼了？幹嘛忽然停下來？」

「上面剛剛是不是有什麼東西飛過……超大隻的！」

「啊？有嗎？說不定是飛碟呢，哈哈。」

「最好是飛碟啦，也可能只是雲……算了，更可能是我看錯了。快走吧，補習會遲到的。」

靜止的魚群再次重新游動。

嘻嘻哈哈跑走的高中生永遠不會知道，在他們仰頭的那瞬間，蔚藍天空同時覆上一層他們無法發現的障壁，遮擋住巨大烏鴉飛向銀光大樓——神使公會的畫面。

隨著空氣泛起漣漪般的波紋，八金載著一刻等人，與公會部隊一起進入呑渦的空間中。在胡里梨力量的運作下，本就寬敞的公會大廳更是一口氣暴增數倍面積，成爲能夠容納所有人的大小。

八金原本以爲大廳和走廊會擠滿人，畢竟出了那麼大的一樁事。可出乎牠預料，這個特意被胡里梨放大的空間裡，竟然連一個人影也沒有。

八金本想呱叫幾聲，表達一下無人迎接的不滿，可旋即想到自己被范相思封住了聲音。就在下一秒，大廳中央乍現的景象，讓八金頓時慶幸還好自己的聲音被封住了，否則眞叫嚷出來，不知又會迎來什麼懲戒。

因爲猝然出現於八金及後方部隊視線中的，是一道燦爛金黃的火焰。

金色火焰像具有意志，飛快流動，轉眼便勾勒出人形。

從繁星大學歸返的公會成員全都降落於地面之際，一抹矮小身影也從金焰裡跨出腳步。

縱然臉色蒼白，身上纏滿繃帶，胡十炎氣勢依舊逼人。

他慢慢踱步向前，青稚的臉蛋上讀不出表情，看不出悲喜，彷若戴上一張面具。後方未消的餘火將他的影子拉得長長的，只不過投映在光亮地磚上的，赫然只有五條碩大尾巴。

沒有人對這幅光景提出疑問。

一刻從八金背上俐落滑下，沉默地看著胡十炎的影子，想起對方將一尾之力分予給安萬里。

也正因爲如此，才有辦法先把污染隔絕起來，沒有馬上爆發、擴散。

「老大，你應該好好休養，紅綃那女人是傻了嗎？居然讓你單獨離開病房？」灰幻陰沉著臉，整個人像籠罩在情緒不穩的風暴中。就算是他特援部的下屬也不敢靠得太近，不約而同地保持著適當的距離。

「呵，奴家看你才是傻了，連奴家就在這也沒發現到嗎？」角落裡立刻傳來嘲諷十足的柔媚嗓音。

罩著白大衣的開發部部長雙手抱胸，妖冶姣好的容貌大半隱在陰影下。在她腳邊還能看見幾隻穿著護士裝的綿羊玩偶，點滴架、輸液袋和針筒準備齊全，顯然就是爲了預防胡十炎有什麼萬一。

灰幻難得沒再反擊回去，或者說他壓根沒那心情。冷冷厲了紅綃一眼，他將目光轉回胡十炎身上，靜候對方的開口和定奪。

胡十炎已知道發生了什麼事。

他知道蒼淚甦醒，知道怠墮重生，知道守鑰消亡，也知道……秋冬語被挖出核心，碎裂成滿地的結界碎片。

即使如此，胡十炎神情仍異常冷靜，冷靜到了冷酷的地步。

胡十炎金眸逐一掃過自己的部屬和一刻等人，最後，終於開口了。

「先把蔚家的兩個小鬼送去休息。」

「遵命！」

大廳裡無聲無息冒出幾抹黑影，他們動作迅速地接過陷入昏迷的蔚商白和蔚可可，一晃眼便又悄無聲息地消失在眾人眼前。

一刻等人只來得及瞥視黑衣人身前的金屬名牌，就和惠先生所別的一樣。

那是警衛部的成員。

「老大，小可和小可的哥哥，他們是……」柯維安啞著嗓子，但還未把句子說完整就被打斷。

「我知道是怎麼回事。」胡十炎言簡意賅地說，稚嫩的側臉透出難以言喻的冷硬。他的視線沒有看向柯維安，只繼續以強勢的語氣下令，「受傷的自己滾去開發部找醫療人員，沒受傷的滾回房間休息。不管累不累，都給本大爺閉上眼睛睡一覺。因爲接下來你們想睡也沒得睡了。記清楚，我們只有四十八小時。」

四十八小時過後，安萬里的結界就會支撐不住，污染將會爆發。

公會要面對的，是降臨在繁星市前所未有的災禍。

「在這期間，你們的上司，包括我在內，我們拚死也會想辦法找到防止被污染入侵的方法。否則戰也不必打了，直接舉白旗投降算了。」胡十炎音量不大，可每一字都清清楚楚進入眾人耳中。

不只大廳的人，包括各部門成員，包括待在自己房內的胡里梨。

胡里梨無意識地握了握珊琳的手。

在監控室忙碌的甲乙、丙丁、庚辛也停下動作，下意識盯緊正播放大廳畫面的螢幕。

所有人都清楚，這會是一場硬仗。

如果沒有辦法阻止污染入侵，妖怪將會失去本心，陷入狂暴，人類則會喪失意識。

如此一來，擁有妖怪和神使作爲成員的公會，只能無可避免地迎來慘敗。

但就算是這樣，這場仗也不得不打，非打不可。

「聽明白的，就立刻行動。聽不明白的，本大爺可以一尾巴直接掃過去，送你們到該去的地方，房間或是病房。」胡十炎咧開一抹毫無笑意的笑容，五條華麗碩大的漆黑尾巴驟現，「現在，動！」

「是！」

在那聲布滿凜冽威嚴的高喝下，除了范相思、灰幻、紅綃還有一刻他們，其餘公會成員整齊劃一地四散開來，眨眼便不見蹤影。

「老大……」柯維安攢緊拳頭，乾啞地說。

但胡十炎依然沒有正視他。

「你們幾個還留著做什麼？眞的要本大爺動尾巴嗎？」胡十炎挑高眉，五條狐尾就像鋒利嚇人的龐大鐮刀。

柯維安沒有被震懾住，雖然他臉色蒼白，但那是因爲其他事情。

娃娃臉男孩彷彿不察自己掌心都被指甲扎出血痕了，只覺得胸腔內有一團火橫衝直撞，燒痛他的肺部，灼傷他的喉嚨，令他擠出的聲音變得支離破碎，帶著深深的哽咽。

「老大！」柯維安的大喊聽起來接近哭泣，「小語她……」

「柯維安，閉嘴。」胡十炎語氣嚴厲。

換作平常，柯維安一定不敢反抗胡十炎的命令。可是對方這次如同要當作什麼也沒發生的態度，使他出奇地憤怒了。

「小語她消失了！」柯維安紅著眼眶，分不清自己是咬牙切齒地大吼或是哭喊，他甚至連「死」這個字也不敢用，「她被符廊香挖出心臟，在我們面前化作碎片消——」

「柯維安，本大爺不是叫你該死地閉上那張嘴了！」石破天驚的咆哮霍然震盪在大廳內。

那是第一次，胡十炎的聲音流瀉出了淒厲，臉上的面具似乎再也無法維持地破裂。金眸裡像燃著駭人的鬼火，該是稚氣的小臉，如今卻被勃然大怒扭曲成猙獰。

柯維安瞠大眼，剩下的字句一時哽住。

「柯維安，帶我們去找地方睡上一覺。」一刻忽然搭上柯維安的肩膀，語氣平淡，同時透著不容拒絕的強硬，「走吧。」

「小白……」柯維安茫然地張張嘴，看向對他輕輕搖頭的一刻，再望向刹那間又恢復面無表情，彷彿重新武裝好自己的胡十炎。

「他不可能不難過。」楊百罌低聲地說，「他只是不想讓人知道……就像當年的爺爺一樣。」

七年前，爲了保護自己孫子不被僞神吞噬，楊青硯狠下心腸，將曲九江驅趕出楊家。表面上完全不顯露傷痛，讓人以爲他眞的對曲九江的半妖血統深惡痛絕。

直到七年後，一切眞相大白。

「室友B，你連找房間也不會嗎？」罕見地，就連曲九江也主動催促。

「柯維安，我們先走吧。」一刻再次說道。

柯維安點點頭，小小聲地對胡十炎說了句「老大，我們這就去休息……對不起，是我們沒把小語帶回來……」後，咬了咬唇，朝大廳另一端邁出步伐。

「你們兩個不動又是搞什麼鬼？」胡十炎目光冷冰冰地刺向灰幻和范相思。

「跟老大你一起順路回醫療室囉。」范相思拉出笑容，只是那笑看起來有些虛弱無力。現在小輩們都不在了，范相思才敢將緊緊壓抑的心情稍微釋放出一些。她的眉眼不若往昔爽俐快活，陰霾和悲傷覆蓋在那對貓兒眼上。

胡十炎瞄了眼范相思的手臂，鬆脫的繃帶下可以窺見裂痕交錯在白皙的皮膚上。

「那你呢？」胡十炎問的是灰幻。

「盯好范相思有沒有眞的去醫療室報到。」灰幻說得毫不遲疑。

可胡十炎是什麼人，他外表小歸小，心思可是剔透敏銳得很，哪會瞧不出這兩人無非是想陪著他，怕他想不開。

別蠢了，他是誰？就算分了一尾力量出去，也是公會的老大，他們眞當他那麼脆弱嗎？

胡十炎冷哼一聲，甩甩手：「里梨，過來。」

幾乎話聲方落，一團黑暗如水花般平空濺綻，緊接著粉色嬌小人影脫出。

「帶我回我房間。不是病房，是本大爺的房間。」

「老大？」

「老大！」

「老大，以奴家醫生的身分可不會答應。」

「囉嗦什麼？」面對此起彼落的不贊同和阻止，胡十炎嘖了一聲，「我只是回房拿個東西，又不是不回病房。里梨，動作快點。」

「啊，好……里梨我知道了！」胡里梨故作開朗地大聲說，趁一轉頭，抹抹控制不住的眼淚。

胡里梨告訴自己，不能在胡十炎面前掉眼淚。因爲最難過的，是老大啊……所以不能再讓老大更難過了。

下一瞬間，熟悉的黑暗罩上胡十炎，連帶地隔絕了范相思等人的聲音。

等胡十炎的視線再度回復清明，人已在自己位於十三樓的住所門外。

胡里梨沒有直接落在房間中。

桃髮小女孩低著頭，目光似乎落在腳尖上，彷彿有什麼吸引了她全部的注意力。

胡十炎裝作沒看見那「叭噠」墜落在地面的水痕，他伸手揉揉胡里梨的頭髮，「我很快就出來，妳等我一下。」

聽著大門關上的聲音，胡里梨找了個地方靠牆坐下。她立起膝蓋，將臉埋在臂彎裡，像是要在這裡久坐不起。

胡里梨心中明白，胡十炎不可能那麼快就出來的，從那個充滿他和秋冬語回憶的「家」裡面。

胡十炎進入屋內後，沒有立即開燈。以他的視力，在拉起窗簾的昏暗環境中視物並非難事，所以他輕易便看見自己幾個月前畫在牆壁上的人像。

紫色的尖頂帽、紫色的蕾絲洋傘，還有華麗的紫色短洋裝。

這是魔法少女夢夢露。

可是在繪製期間，胡十炎何嘗不是把它當作秋冬語在畫。

透過笑得明媚洋溢的少女，胡十炎總能看見另一名缺乏表情的長直髮女孩的身影。

秋冬語不會露出開懷的笑容，但她會認真崇敬地喊自己「老大」。

胡十炎來到那面人物牆前坐下，巨大的陰影像要將那抹瘦小的身軀吞沒。

他仰頭盯著前方虛無的一點，小臉仍然空白，然而耳邊此時此刻像沖刷過無數的聲音。

有范相思嘶啞艱難的報告。

「老大，小語她、小語她……真的非常抱歉，是我們的錯……」

有安萬里低得像會消失於空氣的道歉。

「我還是動用了你的力量，十炎……關於小語，是我太大意了，否則不該會是如此……是我的錯，十炎。」

有柯維安聲嘶力竭的大吼。

「小語她消失了！她被符廊香挖出心臟，在我們面前化作碎片消──」

還有那如同快哭出來的呢喃。

「……對不起，是我們沒把小語帶回來。」

胡十炎抬起手臂遮著眼睛，覺得有些好笑。搞什麼？一個、兩個全都認爲是自己的錯，全都急著向本大爺道歉……

他扯動嘴角，卻發現臉部肌肉僵硬得過分，連彎起一抹弧度都難以做到。好不容易終於勾出一抹笑了，滾燙的液體卻也同時從他的臉頰上淌落。

「所以才說搞什麼嘛……有錯的不該是我嗎？要不是本大爺太沒用……可惡……」

胡十炎放下手，雙眼緊閉，但終究阻止不了淚水自灼燙的眼眶內溢出。

「可惡啊！」胡十炎猛地將五指攢成拳頭，狠狠往地面一砸。

彷彿感覺不到手上的疼痛，也像不在意沒受到妖力保護的指關節淌滲出鮮血，神使公會的最高領導者淚流滿面，無聲哭泣著。

第十一章

月明星稀，尚未開學的繁星大學入夜後顯得格外冷清，甚至透出一絲荒涼。

除了主要道路和各個學院的中庭仍亮著路燈，其他路燈皆呈熄暗狀態。尤其一幢幢大樓都黑著窗戶，在夜晚看起來更像是有著龐然身軀的怪物，一動也不動地趴伏在原處。

總被簡稱「科院」的科技學院也不例外。

一館、二館、三館、四館，四棟建築物的窗戶後方全部沒有透出絲毫光亮。

在僅有中庭路燈照亮的此地，在濃厚陰影交錯壓迫下，照理說會令人感到無比昏暗。

是的，照理說。

但是並沒有。

和遠方像要被黑夜吞沒的其他學院相比，科院簡直亮若白晝。

只是這些光並非來自於路燈，赫然源自幾乎將中庭上方夜空都遮蔽住的巨大立方體。

那是一個無比奇異的存在。

以常人眼光來看，根本就是超乎現實的離奇光景。

宛如淡白光片組成的立方體內，盛載著滿滿的幽藍光輝。藍光團簇在一起，令人分辨不出原本的形狀。

就像是發光的水波推擠晃漾著，透過光片，在科院裡投映出不規則的瑰麗光影。

乍看之下，夜空中彷彿飄浮著一座大得超乎想像的光之水族箱。

只不過這不可思議的景象，落在留守科院四周的公會人員眼中，只讓人覺得無比心驚膽跳。

如果可以，他們不願靠得太近，最好能保持遠遠的距離。

因爲那些像水波般的幽藍成分，是污染。

假使不是有光片阻隔，污染就會立刻往四面八方奔湧而去。然後碰上污染的妖怪便會被奪去意志、喪失本心，變成了將和同胞自相殘殺的怪物。

幾名特援部成員光是想像，就感到寒意襲上。

也因此，對於憑靠一己之力將污染暫時防堵下來的安萬里，他們內心深深敬佩。

他們彼此間互使眼色，在安靜中達成協議，留下一個繼續守在科院，其他的負責再去繫大各處進行嚴密的巡邏，以免有不長眼的小妖闖入。

根據他們副會長的交代，這些如同水波煙霧的污染，無形中會吸引妖怪靠近。心智越低下的，越沒辦法抗拒這份誘惑。

就像一朵香氣濃郁的花，吸引蜂蝶前仆後繼地前來。

此刻雖有光壁擋著，但仍滲出了幾絲氣味。一旦光壁支撐不住，不光污染會擴散，還會有更多妖怪擁進繁星市。

兩者相加，將引發一場更大的災難。

想到這可怕的後果，留守在科院的特援部成員忍不住吞吞口水，頭皮一陣發麻。他迅速做了幾次深呼吸，設法穩定心緒，重新將注意力放在警戒周圍上。

就在這時，一直像座雕像靜坐不動的迷你身影忽地站起。

體型令人聯想到人偶的安萬里，注意到一旁下屬瞬間露出戒備神色，不時東張西望，似乎將自己的動作誤認爲有敵人來襲。他揚起溫和的笑，揮了揮手，示意對方毋須緊張。

「沒事的，我只是在想，也許我能換個地方。」安萬里說，「比起科院，大草原那邊或許更適合安置這個，嗯，水族箱。」

安萬里本意是想讓那名特援部成員放鬆一點，才特意用了「水族箱」這個說法。不過對方似乎不能理解他的幽默，投予光箱的眼神看起來更戰戰兢兢了。

「幫我注意前方，我要拉著這東西到大草原了。」見狀，安萬里乾脆下達指令，立即得到一聲回應。

隨著特援部成員「唰」地竄躍出科院，安萬里也拍拍自己的手。他張開掌心，頓見一條極細光絲往上生長，末端接連上方的巨大光箱。

安萬里猶如拉著氣球般，不疾不徐地拉扯著光箱與他一塊移動。

幽藍和淡白的光輝也跟著在壁面、道路上，遊曳前行。

安萬里口中的「大草原」，指的正是橫亙在人文學院與餐廳之間的那片草地。由於佔地面積廣大，不知不覺中，便被繁星大學的學生們稱爲「大草原」。

任憑光箱懸浮於夜空下，安萬里在大草原上隨意找了個位置盤腿而坐。

他的結界只能支撐四十八小時，在這期間，如果能及時找出怠墮、消滅她，就能讓污染在擴散前自行消失。

反之，如果無法，就必須想辦法阻止污染蔓延出繁星市。不僅如此，他們公會的人還一定得設法保持清明，否則誰來與那些遭受污染的妖怪對抗。

但最重要的，還是擊敗怠墮。

要不然，一切都不會結束。

「換句話說，我們要分派出人手，各自負責怠墮，以及被污染的妖怪……啊，包括想要進入繁星的外地妖怪，也得有人盯著。」安萬里摘下眼鏡，像是喃喃自語著說，他似乎沒有發現身後草地傳出了細微的踩踏聲。

草葉窸窣，聲音越來越靠近，更加靠近。

可是，就連守在安萬里附近的特援部成員也像渾然未覺，不僅沒有示警，也沒有即刻從藏身處現身。

黑影靜靜籠罩在安萬里身上。

安萬里頭也不抬，目光停留在前方的幽藍光箱，而他的喃喃自語在這瞬間忽地一頓，接著就像感到傷腦筋般地嘆息。

「我們大概會分身乏術哪，十炎。」

「哼。」黑影的主人哼了一聲，旋即一屁股落坐在安萬里身邊。

正是理應待在公會裡的胡十炎。

在幽藍光芒輝映下，胡十炎稚嫩的小臉看起來格外蒼白，嘴唇也失去血色，明顯氣力仍未恢復。

可是那雙金燦眼瞳卻如此懾人，像是不熄的火炬。

「那種事情，你以爲本大爺沒考慮過嗎？老妖怪，你把我當什麼人了？」胡十炎嗤之以鼻地說道：「你是坐這坐太久了，把腦子都坐傻了嗎？」

「這個嘛，當然是當作我們公會威風凜凜的領導者。」安萬里溫聲回答，裝作沒發現胡十炎雙眼未褪的紅腫，「另外，我其實是剛剛才移到這坐的，之前都還待在科院。多虧維安沒忘記在繁大設下神使結界，科院的破壞才沒有眞正反映到現實建築物上。否則一旦開學，想必會引起軒然大波。」

「那又怎樣？」胡十炎語氣忽然變得索然無味，就像對這所在自己名下的學校喪失了興趣。

安萬里望向那張呈現空白、讀不出表情的青稚側臉，他知道胡十炎不是眞的不再關心這所學校。

那名小男孩只是強迫自己把情緒都抽離了。

假使不這樣做，胡十炎便無法停止去想他所失去的……他的女兒，秋冬語。

安萬里張張嘴，可還沒順利發聲，就被胡十炎強硬截斷。

「閉嘴，我可不想再聽到道歉，我已經聽夠一堆人都爭著說是自己的錯。你們要是有腦袋，就會知道……那該死的不是你們哪一個人的錯！」胡十炎臉上的空白就像被硬生生撕扯出一道裂縫，再也壓抑不住底下的扭曲。

「不，我不會閉上嘴巴。」安萬里搖搖頭，無視胡十炎眼中瞬間迸閃至極致的勃然大怒，他平靜地把話說下去，「因爲我還得告訴你，我有東西要交給你。」

「東西？」饒是胡十炎也不禁愣了，全然摸不透面前男人究竟在想什麼，同時他眼中的盛怒與自厭，被生起的困惑取代。

胡十炎看見安萬里合起雙手，下一刹那，打開的掌心內冒出白光。無數小小的淡白光片有如噴泉水花湧冒，體積在上升途中迅速放大。

只是幾秒鐘，一個有雙掌大的小型光箱便浮立在胡十炎視野中。

胡十炎眼眸不自覺瞠大。

光箱裡盛放的是另一抹顏色，鮮紅色。

數也數不清、像是玻璃碎砂的鮮紅塵末靜靜堆沉著。

胡十炎屏住呼吸，伸出的手指指尖甚至發著顫。他碰觸到光箱表面，冰冷硬質的觸感讓他霎時找回神智，本來還有幾分茫然的金黃眼瞳，隨即覆上了凌厲凶狠。

還有迫不及待。

「這是……安萬里，這些、這些難道是……」胡十炎連話都說不俐索了，可他依舊急切地將聲音從喉嚨深處擠出來，彷彿怕自己說得慢了，眼前的事物就會如雲煙消失。

胡十炎從來沒在他人面前流露出這般狼狽的樣子。

就算是數日前，被守鑰一手貫穿胸膛時也沒有。

「我已經盡我之力，把留在科院的結晶收集起來。」安萬里輕聲說，「這是小語的結晶，我只是在猜，也許我們還有機會……即使渺茫，我也不希望我們錯過任何一絲可能。」

胡十炎猛地將透著紅色光澤的小箱子抱在懷裡，他的雙臂如此用力，但好似感覺不到肌肉傳來的疼痛。

胡十炎明白安萬里說的渺茫，有多渺茫。

秋冬語的核心（心臟）被符廊香捏碎，她的身體也崩解成像是玻璃砂般的碎屑，也許這些都還不是全部。

他可能永遠沒辦法再像當年拾回那顆種子一樣，重新培育出那朵讓秋冬語誕生的結晶花朵。

可能這些玻璃砂，到頭來還是玻璃砂。

可是，什麼都不試，他就真的永遠失去他重要的女兒。

胡十炎抱著小箱子不放手，頭垂得低低，劉海遮住了他此時的表情。

但安萬里現在的位置，足以看清有幾滴豆大的水珠砸墜在箱子表面，在上頭糊成不規則的形狀。

「我想，或許你需要我離開，留給你一個私人空間痛哭？」安萬里斟酌著挑選用詞。

「吵死了，老妖怪。你那個自以爲體貼、實際上更像嘲諷人的毛病，何年何月才改得過來？而且大爺我早就哭……！」猛地意識到自己失言說出了不願示人的祕密，胡十炎飛快咬住字尾。他抬起頭，微紅的雙眼不見淚霧，唯有凶狠的戾氣。

「放心好了，我什麼都沒聽見。十炎，我說真的。」安萬里主動舉起雙手。從胡十炎的眼神，他看得出來，假使自己敢捉著這點做出任何嘲笑，恐怕現在就會被人當作玩偶般一把抓拎起，然後毫不留情地丟向隨便某個地方。

憑胡十炎的力道，就算丟到朝湖裡也不足爲奇。

「沒聽見就好。」胡十炎扯開陰森森的笑容，威脅十足的表情，使他的金眸看起來更像夜間嚇人的鬼火，「不然依你現在『小巧可愛』的尺寸，我做什麼都很方便哪。」

安萬里微露出苦笑，那個形容怎麼聽都不像讚美。

「不過……」胡十炎冷不防話鋒一轉，「看在冬語的面子上，我就大人有大量地放過你這次好了。畢竟毫無保留地長期壓榨你的勞動力和利用價値，感覺會更加有趣。」

「啊啊，我會努力地鞠躬盡瘁，但死而後已就不排進人生計畫了。剛認識可愛的學弟妹沒多久，我還想更深入地和他們培養感情呢。」

「得了吧，柯維安聽見後立刻第一個尖叫逃走。」胡十炎不客氣地嗤笑，一邊將小光箱愼重收起。他打算帶回去開發部，讓紅綃他們好好研究，看能不能找出有用的方法。

就算機會渺茫，他也不會放過。

「你覺得怠墮會躲到哪裡？」

「很遺憾，我對她完全不了解，即便曾聽過她的大名。」安萬里對胡十炎無預警轉換話題不感意外，馬上跟上對方的思路。

「我目前敢肯定的是，在她和蒼淚完全融合前，只怕是不會主動露面了。也因此，她藏身在繁星市裡的機率應該不高。瘴很狡猾，不會冒著輕易被我們找到的風險……但選擇繁星市之外的其他城市，似乎也不符合怠墮的風格。假設當初我們聽到的有關她的傳聞正確無誤的話。」

「……宮一刻嗎？」胡十炎眼中閃過利光。

怠墮曾奪走織女的力量，入侵她的身體，卻又被織女和她的孩子們消滅。對於既是織女孩子亦是消滅自己原因之一的一刻，重生的怠墮不可能放過。

說那名白髮男孩就是怠墮的首要目標，胡十炎也覺得不為過。

「不止，還有小白的高中朋友們，我指的是蘇染學妹他們。」安萬里說，「既然他們在這，怠墮的注意力也會放在繁星，我不認為她會特地藏身在其他城市。」

「問題是，你也說她不會待在繁星……噢。」胡十炎像是驀地想到什麼，他輕彈下舌，「既是繁星又不是繁星，猶如水中月……你覺得她藏在自己製造出的空間內了。」

「就像潭雅市那個新引路人一樣，他的空間入口是設在廢棄的幼兒園。」縱使自己不曾參與那次事件，安萬里在提及時，仍忍不住放低聲音，碧眸掠過剎那陰影。

守鑰就是在那次事件裡，開始親自執行他已設下的一連串暗樁計畫。

「我可沒閒工夫看個老男人沉浸在他的悲春傷秋裡，那可太令本大爺倒胃口了。」胡十炎嫌棄地咂咂嘴，連一絲安慰的意思也沒有。

但安萬里知道，這已是神使公會會長的另類安慰了。

「這麼說也是呢。在這樣一個幽靜的夜晚，在繁大風景優美的大草原上，卻只有我們兩個男人，怎麼想都太空虛了。要是能多點人陪伴，女孩子當然最好，我想一定會比我們相看兩相厭的情況好太多了。」

「呵，多點人陪伴？例如蠢蠢欲動、想闖入我繁大的沒用東西嗎？」胡十炎勾起笑，笑容看似天真無邪，卻又流瀉出幾分嚇人的殘酷。

彷如在呼應胡十炎的話語，遠方黑暗中倏地響起淒厲尖叫，旋又歸爲死寂，像是遭到黑夜吞噬。

「你現在趕過去看，趁特援部還沒將那不長眼的小妖毀屍滅跡，也許還能看出是男是女。」胡十炎漫不經心地說。

「不了，我對屍體可是不感興趣。」安萬里語氣眞摯地拒絕，臉上猶然掛著彬彬有禮的微笑。

負責留守在此的特援部成員雖無法聽清正、副會長的談話，可兩人的笑容卻令他不禁打個哆嗦，寒毛直豎。

他決定再退得遠一些……或是乾脆加入同伴巡邏的行列算了。

胡十炎的狐狸耳朵微動，當然發現到留守人員的離去。但他沒多說什麼，相當乾脆地放任對方的行動。

「回歸正題。」胡十炎開口，「怠墮空間的入口，你認為有可能連接在哪裡？」

「哪裡都有可能。」安萬里坦然說道：「我相信你心裡也有數。如果你還沒決定好要怎麼部署人力，那我眞的會大吃一驚的。負責固守繁星市外圈的人，負責尋找怠墮藏身處的人，負責壓制被污染妖怪的人……最後，還有負責對抗怠墮的人。」

胡十炎沉默片刻，他內心確實早就拿捏了七、八分的主意，會問安萬里也只不過是想要讓自己不再猶豫。

「公會全體都聽從你的指揮，十炎。」安萬里舉起手置於胸前，「我們會是盾，會是劍，會守護這座城市。啊，但別忘了記得先和范相思討論一聲，她現在是代理會長哪。」

「嘖，算了吧。一看見我出面，她開心得馬上把責任都丟過來了。」胡十炎撇撇嘴，心中些許的不安因安萬里的一席話而消除，「人員部署我確實有了打算，也和其他人商討過了。只是，就是得辛苦宮一刻他們那群小鬼。套句范相思說的，居然得要小朋友們下海幫忙，我們這些做大人的實在太沒用。」

「情勢所逼……也不得不如此。」安萬里低聲說，「不過要是被小白他們知道，你本來是想將他們排除在戰力外，只怕他們會第一個衝出來抗議的。」

「本大爺也希望能讓他們抗議……」胡十炎聲音小了下去，將苦澀猛地嚥下，重現銳利的金眸直視著安萬里，「除了這些之外，我會來此，還有一個最重要的目的。」

安萬里神色跟著一凜，「如何確保污染不入侵，是嗎？」

「我這有項東西，要試試它究竟可不可行，最快的辦法就是來你這了。」胡十炎手指往虛空一劃，再一抓。

原本空無一物的前方，竟是平空出現了一團白花花的物體。

像雪般潔白的皮毛，圓圓的大眼睛，長而鬈翹的睫毛，再加上——

「咩。」

赫然是開發部出品的綿羊玩偶，咩咩君。

胡十炎又一攤手，手上躺著一張畫有奇異字紋的符紙。

安萬里訝異地張大眼，他認得那是什麼。

那可不是狩妖士常用的符，而是神使公會專門用來修補繁星市路燈的道具。

對於繁星市，貴爲公會會長的胡十炎有著獨特的堅持。他覺得既然這裡是神使公會的根據地，也就等於是他的城市。

既然是他的領地，就該維持門面，名符其實。

名爲「繁星」，就該在入夜時分，展現出有若繁星點點的光景。

按照胡十炎的邏輯，所有路燈便是屬於這城市的「星光」，不能有任何一盞暗下。

於是公會定時派出人手巡視，檢查哪裡的燈熄了。一旦發現，就以特製的點燈符貼上，使之恢復光明。

這項行動，公會乾脆就稱爲「點燈」。

經年累月下來，就算說全繁星市的路燈都貼上了點燈符也不爲過。

「你要測試這個？可是這……」不是單純用來讓路燈亮起的嗎？

安萬里還來不及說完，就見胡十炎迅雷不及掩耳地將點燈符貼上綿羊玩偶的額頭，同時一手指甲增長，宛若鋒利的刀刃。

說時遲、那時快，利光一閃，飄浮在上空的巨大光箱竟當場被割開一條細細小縫。

幽藍氣體立即像尋得出口，爭先恐後地從裂縫中鑽擠出來。

安萬里溫文的神色瞬變，自掌心內閃現白光，數枚光片風馳電掣地射向光箱裂口，轉眼便將縫隙修補完畢。

然而，仍有巴掌大的氣體掙脫出來了。

「安萬里，先別封住它！」胡十炎嚴厲警告，「咩咩君，去！」

隨著胡十炎一聲令下，用雙腳直立的綿羊玩偶不假思索地奔向那團像浮水的幽藍氣體，氣體從那具白花花的身軀穿了過去，減少一小部分。

抓緊這瞬間，安萬里張開小型結界，將那團飄浮不定的氣體包覆住，俐落地扔回光箱裡，然後靜待綿羊玩偶的變化。

若符紙無效，那麼注有微弱妖氣的綿羊玩偶很快就會不受操控，轉頭向他們發起攻擊。

時間在兩人的嚴陣以待中，一分一秒地流逝……

什麼異狀也沒發生。

綿羊玩偶依舊乖乖靜立原地，只有長睫毛不時眨動幾下，大眼睛內不見絲毫詭異幽藍滲出。

安萬里屏息，幾乎不敢相信，直到胡十炎彈指，綿羊玩偶眨眼消失，他才回過神來。

「污染……真的失效了？」安萬里啞著聲音，至今仍不敢相信前一秒所見畫面，「但、但是……這怎麼可能……」

安萬里克制不住不斷湧上的震驚。他是守鑰一族，比誰都清楚蒼淚的污染之力有多強，任何妖怪都無法倖免。

可如今，單憑胡十炎貼上的一張符，居然就能令咩咩君不受影響，維持心智。

「哇喔……哇喔。」胡十炎也滿臉震撼，金眸瞪得又圓又大，就連嘴巴都忘記闔起，好一會兒才意識到形象問題，趕緊閉上。

神使公會的正、副會長面面相覷，在彼此眼中見到狂喜如一小簇火花燃起，接著轉爲熊熊火勢。

就算是胡十炎也沒想到，事情會如此順利。

不，根本超乎想像地順利。

「這還眞是……」胡十炎乾巴巴地開口，望向自己掌心的眼神不禁帶上一絲驚歎，「竟然還眞的擋得了……不愧是融合了本大爺和帝君力量的符啊，果然非同凡響。」

「你的力量和帝君的力量？等等，這難道不是開發部研發的？」安萬里大吃一驚，「而且妖與神的力量，照理說……」

「照理說無法相容，但這又不是施予活物上，困難度當然降低了幾成。」胡十炎說，「好吧，實際也不是相容，用『共存』來說可能更適合。我沒跟你說過嗎？點燈符是利用我的力量和帝君的力量，再搭配開發部研究出來的公式，使之能同時存於符紙上。」

「至於功用，當然不僅僅是點燈。也是爲了哪一天繁星市遇到大麻煩時，能夠瞬間建構出一個大型防護網……唔，慢著，我好像眞的沒跟你說過。早期爲了養小孩，都忘記跟你們說一聲了。」

「不，你當時沒說……現在看來是好事。」安萬里若有所思地喃喃。

守鑰的意識在十多年前就開始甦醒，如果被守鑰得知點燈符擁有文昌帝君的力量，他一定會暗中設法毀去，以免替未來增添變數。

胡十炎的一時疏忽，反倒爲他們現在面臨的困境帶來轉機。

可是緊接著，安萬里發現一個難以忽視的問題，那可能會成爲這次計畫的最大漏洞。

「十炎，點燈符的存量還有多少？」安萬里瞇起眼，不拖泥帶水地切入重點。

「啊啊……」胡十炎垮下肩膀，抓抓頭髮，原本的意氣風發頓時轉成洩氣，「我有叫開發部先大略點過了，沒辦法全公會人手一張，不過用在戰鬥人員身上還是足夠的……帝君不在這，不可能再大量量產點燈符。」

聞言，安萬里沉默，腦中則快速思考是否還有應變方法。

抵抗污染的點燈符需要胡十炎與張亞紫的力量，缺一不可。既然張亞紫返回天界，要想增加符紙的數量是斷然無法達成的。而存於繁星市路燈內的符，也不能貿然移出，它們屆時還得連成防護網。不光是阻止污染外溢，也要避免外地妖怪入侵。

「只能照你說的，凡是會被外派到公會外的，都一定得帶上一張。」一發現思路撞上死胡同，安萬里果斷放棄另尋他法，將注意力重新轉回，「至於留守在公會內的……」

「里梨會把大樓轉移到她的空間，污染進不去的。」胡十炎馬上明白安萬里的想法，流暢地接了下去。在他臉上已看不見一絲洩氣，那雙金眸正灼灼生光，「惠先生、紅綃和灰幻會各自帶隊，負責一個區域。你這裡也會有人接應，范相思和我會待在公會。」

「你們另有計畫與安排，對吧？」安萬里微微一笑。和胡十炎、范相思認識許久，他自然知悉他們的性子。如果不是有其他打算，這兩人是不可能不衝到最前線戰鬥的。

「既然都叫另有安排了，當然是不會在這時候跟你講明白。」胡十炎聳聳肩，忽地一掌往安萬里肩頭拍去。他的速度快得難防，可力道卻有控制，要不然依安萬里現在的體型，只怕會被拍飛出去。

安萬里神色平靜，絲毫沒有因爲這突如其來的一掌而驚慌失措，他知道胡十炎不會傷害同伴。

當胡十炎收回手，安萬里注意到有什麼東西掉落進他懷裡。一是點燈符，一是形似通訊耳機的物體，兩者的大小都相當適合他現在的體型使用。

「喏，這是你的份，大爺我好心先拿來給你了。」胡十炎看似漫不經心地說，「紅綃他們考慮到你的大小，特別弄了這份出來。符自己貼上，或是你要吃掉我也不反對。耳機記得別上，每個區都有專屬頻道，當然也有共用的公共頻道。要是弄壞了，紅綃說她不要賠償，只要貢獻出身體，當開發部的白老鼠就行了。」

安萬里想像得出來，公會大夥兒一聽見這發言，想必都會拚命保持耳機的完好，以免被拖進有時根本要唸作「魔窟」的開發部，再也出不來。

「這威脅我記下了。」安萬里慎重地說，瞧見胡十炎的視線改投向前方的巨大光箱，他也跟著轉過目光。

淺白光箱裡，詭譎幽藍的氣體靜止不動，不再像浪潮推搡擠壓。但這份寂靜，就像是在醞釀著未來的風暴。

神使公會的會長和副會長都沒再開口，藍光照在他們平淡卻又滲著凌厲的側臉上。

距離污染爆發，只剩下不到四十個小時的時間。

〈終章 戾與唯一〉上冊 完

國家圖書館出版品預行編目資料

神使繪卷. 卷十五／醉琉璃 著.
——初版. ——台北市：魔豆文化出版：蓋亞文化發行，2016.2
冊； 公分.（Fresh；FS102）
ISBN 978-986-5987-83-1（上冊：平裝）
857.7 105001177

fresh FS102

神使繪卷 15 終章【上】

作者／醉琉璃
插畫／夜風　封面設計／克里斯
出版社／魔豆文化有限公司
地址◎ 台北市103赤峰街41巷7號1樓
電話◎（02）25585438　傳真◎（02）25585439
部落格◎ gaeabooks.pixnet.net/blog
臉書◎ www.facebook.com/Gaeabooks
電子信箱◎ gaea@gaeabooks.com.tw
投稿信箱◎ editor@gaeabooks.com.tw
郵撥帳號◎ 19769541　戶名：蓋亞文化有限公司
發行／蓋亞文化有限公司
法律顧問／義正國際法律事務所
總經銷／聯合發行股份有限公司
地址◎ 新北市新店區寶橋路二三五巷六弄六號二樓
電話◎（02）29178022　傳真◎（02）29156275
港澳地區／一代匯集
地址◎ 九龍旺角塘尾道64號龍駒企業大廈10樓B&D室
電話◎（852）2783-8102　傳真◎（852）2396-0050
初版一刷／2016年2月
定價／全套兩冊不分售・新台幣399元
Printed in Taiwan

ISBN／978-986-5987-83-1

魔豆